Comme si j'allais te mentir

DANS LA MÊME SÉRIE

1. *Gossip Girl*
2. *Vous m'adorez, ne dites pas le contraire*
3. *Je veux tout, tout de suite*
4. *Tout le monde en parle*
5. *C'est pour ça qu'on l'aime*
6. *C'est toi que je veux*
7. *Je suis parfaite, et alors?*
8. *Ma meilleure ennemie*
9. *Même pas en rêve*

gossip girl

Comme si j'allais te mentir

Roman de
Cecily von Ziegesar

Fleuve Noir

Titre original :
Would I Lie To You

Traduit de l'américain par
Marianne Thirioux-Roumy

Le Code de la propriété intellectuelle n'autorisant, aux termes de l'article L. 122-5 (2° et 3° a), d'une part, que les « copies ou reproductions strictement réservées à l'usage privé du copiste et non destinées à une utilisation collective » et, d'autre part, que les analyses et les courtes citations dans un but d'exemple ou d'illustration, « toute représentation ou reproduction intégrale ou partielle faite sans le consentement de l'auteur ou de ses ayants droit ou ayants cause est illicite » (art. L. 122-4).
Cette représentation ou reproduction, par quelque procédé que ce soit, constituerait donc une contrefaçon sanctionnée par les articles L. 335-2 et suivants du Code de la propriété intellectuelle.

© 2006 by Alloy Entertainment
© 2007 Fleuve Noir, département d'Univers Poche,
pour la traduction en langue française.
ISBN : 978-2-265-08688-3

*La vérité est belle, sans aucun doute,
mais les mensonges aussi.*

Ralph Waldo Emerson

 **gossipgirl.net**

thèmes ◀précédent suivant▶ envoyer une question répondre

Avertissement : tous les noms de lieux, personnes et événements ont été modifiés ou abrégés afin de protéger les innocents. En l'occurrence, moi.

Salut à tous !

Ça vous arrive parfois de penser que vous êtes la fille la plus chanceuse au monde ? Eh bien, vous vous trompez, parce que c'est *moi*. En ce moment même, je prends le soleil à Main Beach, la plage somptueuse et ultratendance d'East Hampton, et je regarde les garçons BCBG enlever leurs polos Lacoste pastel et étaler du Coppertone sur leurs épaules baignées de soleil. Vous voyez, il y a bien une raison si les New-Yorkais qui ne veulent pas quitter la ville passent l'été dans les Hamptons. La même que lorsque l'on porte des sandales lacées Christian Louboutin ou que l'on voyage en première : le meilleur, c'est ce que l'on fait de mieux.

À propos de meilleur, nul n'est plus doué qu'Eres. Je suis modeste comme fille, mais je me trouve absolument craquante dans mon petit haut de Bikini couleur mangue et mon boxer de mec assorti. Bon d'accord, je ne suis peut-être pas si modeste que ça, mais pourquoi devrais-je l'être ? Si vous étiez aussi belle, en train de vous prélasser sur une plage de sable blanc d'East Hampton, vous diriez la même chose. Comme je l'ai appris dans mon école élémentaire privée non mixte de l'Upper East Side, ce n'est pas de la vantardise si l'on dit la vérité.

Dieu merci, l'été est là, et nous nous attelons enfin à la dure tâche de nous la couler douce. Après un mois de juin actif passé en ville, juillet est arrivé, porté par le doux rythme du son, avec son lot de réservations permanentes dans les meilleurs restaurants des Hamptons. Le Manhattan chaud et humide n'est pas loin, mais nous préférons flâner pieds nus dans nos Bikini Eres ou Missoni impression tapisserie et dans nos sarongs Calypso en batik, ou conduire nos Mercedes CLK 500 platine décapotables sur Main Street dans East Hampton, à la recherche de la place de parking introuvable et des mecs en short de surf Billabong.

Nous sommes les garçons aux cheveux baignés de soleil, rentrant de Montauk, nos planches de surf sanglées aux galeries de nos Cherokee. Nous sommes les filles, pouffant sur nos serviettes de plage framboise et citron vert, ou prenant part à un bichonnage après-soleil à l'Aveda Salon de Bridgehampton. Nous sommes les princes et les princesses de l'Upper East Side et, maintenant, nous régnons sur la plage. Si vous êtes l'un d'entre nous, c'est-à-dire l'un des heureux élus, je vous verrai sur l'Île. Manifestement, la saison bat déjà son plein, d'autant que certaines de nos fashionistas préférées ont décidé de nous honorer de leur présence. À savoir…

LE DUO DYNAMIQUE

Si cela peut vous rassurer, sachez que moi non plus je n'arrive pas à les suivre. La météo de ces deux-là semble changer quotidiennement. Sont-elles amies ? Sont-elles ennemies ? Ennamies ? Amantes ? Vous savez de qui je parle : **O** et **S,** et la seule certitude que j'ai aujourd'hui, c'est qu'elles sont dorénavant certifiées icônes officielles de la mode. D'accord, nous le savons depuis toujours, mais il semblerait que l'élite de la mode se soit enfin réveillée. Après avoir rencontré **O** et **S** sur le tournage de *Diamants sous canopée* le mois dernier, un certain dénicheur de tendances aux chaussons de velours monogrammés – celui qui a les dents couronnées et un bronzage à la Palm Beach toute l'année – a décidé d'accueillir les filles dans son presbytère de Georgica Pond pour qu'elles lui donnent l'inspiration. J'espère que sa ménagerie – qui, à ce que je sais, se compose de plusieurs petits chiens d'appartement, de deux lamas et de deux mannequins maigres à faire peur aux yeux ronds comme des soucoupes, sorties de l'anonymat estonien pour figurer dans sa future campagne de pub – ne sera pas trop jalouse des deux nouvelles venues. Oh, de qui je me moque ? Ces deux-là parviennent systématiquement à rendre tout le monde jaloux. Après tout, elles ont de quoi susciter l'envie de tous.

« *SUMMERTIME, AND THE LIVING AIN'T EASY*[1]… »

… pour tout le monde, sauf pour moi. Il semblerait que ce soit toujours les mêmes qui aient de la chance, et, à part nous, les autres n'ont vraiment pas de bol. Par exemple :

Ce pauvre **N** qui travaille tous les jours dans la maison à deux niveaux de son coach, ou qui fait la tête près de sa piscine de Georgica Pound, tout seul. Qu'est-ce qui le met dans cet état ? La fin de son histoire d'amour avec cette pétasse de banlieusarde qui aime faire des bulles avec ses chewing-gums ? Croyez-moi, elle ne saurait pas reconnaître un Bikini Eres si quelqu'un lui en lançait un sur ses cheveux blonds décolorés au Clairol Nice'n Easy nº 102. Mais hou ! hou ! Moi, je suis libre…

Cette pauvre **V** prise au piège dans sa propre spirale

---

1. Littéralement : *c'est l'été et la vie est dure. (N.d.T.)*

infernale : elle vit avec **D**, son amour de toujours, mais ne l'embrasse pas, et passe son temps à ôter des petites crottes de nez séchées de son cargo Carhartt noir pendant que les petits garçons hyperactifs qu'elle garde récitent l'alphabet en rotant. Et ce pauvre **D**… peut-être ne mérite-t-il pas que l'on s'apitoie trop sur son sort, vu qu'il a trompé **V** avec cette fana de yoga barjo, et voilà que maintenant **V** se retrouve coincée dans la chambre rose clair de **J**, la petite sœur de **D**. De plus, il a toujours son « boulot » et une réserve apparemment inépuisable de café instantané Folgers. Parfois on dirait qu'il préfère le mauvais café et les mauvais poèmes aux filles. J'ai du mal à comprendre !

VOS E-MAILS :

Q: Chère GG,
Je ne sais pas vers qui d'autre me tourner alors, s'il te plaît, aide-moi. J'ai essayé de draguer ma voisine du dessus canon, mais ça n'a pas marché. Puis j'ai rencontré son incroyable coloc et ça a carrément marché… ou du moins en apparence. On a vécu ce truc romantique d'été-en-ville et elle m'a même dit que je pourrais venir la voir dans les Hamptons. Puis, l'autre matin, j'ai frappé à sa porte et elle était partie. Plus de meubles, plus de vêtements, pas de petit mot, rien. Que se passe-t-il ? Dois-je l'appeler ou est-ce que ça fait trop collant ?
— À la rue et le cœur brisé

R: Cher ALRetCB,
Même les meilleurs d'entre nous peuvent nous échapper. Si ça se trouve, elle reviendra et t'inondera de doux smacks. Et sinon, conserve précieusement

vos souvenirs et dis-toi que tel est le sort des amours estivales. Au fait, si tu es sur le marché, peut-être pourrais-je t'aider à panser ton cœur brisé ? Envoie-moi ta photo !
— GG

Q: Chère GG,
Vu le truc le plus hallucinant de tous les temps : une version imposteur alien de deux filles de New York que je connais plus ou moins : une bombe blonde et une brunette mince, qui gloussaient sur la plage près de Maidstone Arms. On aurait dit les faux Louis Vuitton d'un vendeur à la sauvette – de loin, elles ressemblaient presque à la vraie marchandise, mais de près… il y a des choses comme ça qui restent inimitables. Qui sont-elles, p… ?
— jvoisdouble (ou quadruple.)

R: Chère JVDoQ,
Maintenant qu'une certaine blonde et une certaine brune sont devenues les muses d'un créateur de mode très célèbre et extravagant, nous verrons de plus en plus de sosies. Cela va rendre les garçons fous. La question est : qui fera un accroc à la vraie marchandise ?
— GG

ON A VU :

O, chercher de nouveaux bagages – du lèche-vitrines qui l'a amenée chez Barneys, puis chez Tods, puis chez Bally. Cette fille ne se fatigue-t-elle jamais ? À l'évidence non, et son AmexBlack non plus, que sa mère venait de lui rendre, suite à sa frénésie de shopping international qui avoisinait les 30 000 dollars. Mince alors !

S, au kiosque à l'angle de la 84e et de Madison, faire le plein de tous les nouveaux magazines de luxe mode et people, les passant subrepticement en revue pour voir si l'on parlait d'elle. Une fille a besoin de lecture de plage.
N, l'air abattu, acheter un pack de six de Corona tièdes dans ce magasin de vins et spiritueux minable de Hampton Bays. On ne sait pas s'il faisait le plein pour un barbecue romantique sur la plage au coucher du soleil ou s'il noyait juste son chagrin. Vu les entourloupettes à la fête de fin de tournage de *Diamants sous canopée*, je pencherais pour la dernière hypothèse.
V et **D** ensemble, (mais pas comme vous le croyez !) à la bodega à l'angle de la 92e et d'Amsterdam, chercher des vivres pour leur foyer commun. Ils font tellement vieux couple marié, à acheter du papier-toilette, mais sans coucher ensemble !
K et **I** à l'Union Square Whole Foods, donner en toute inconscience des coups de paniers à provisions dans tous les clients, pendant que leur voiture de ville noire les attendait dehors. Un bon conseil, les filles : vous avez beau faire vos provisions de cresson, de galettes de riz et d'eau de Seltz non aromatisée pour les Hamptons, lorsque vous acceptez cinq – ou six ou sept – truffes offertes par la maison, vous plombez votre régime Bikini. Mais ces choses-là sont trop bonnes !
C, émerger d'une coupure d'une semaine de la scène sociale. Il paraît qu'il était bien installé dans sa suite préférée sur le toit du nouveau Boatdeck Hotel sur Gansevoort Street… et il n'était pas seul. Une certaine blonde cuivrée et vulgaire, dont les racines ont paraît-il repoussé d'au moins deux centimètres, était avec lui. Vous vous souvenez d'elle ? Je sais que **N**, oui.

Ce sera un mois de juillet agité et torride, tout le monde, mais vous savez que je ne me repose jamais. Vous saurez toujours qui va, qui vient, qui fréquente les soirées les plus chaudes à Gin Lane, Further Lane et toutes ces boîtes vulgaires des Hamptons, et qui rôde à la faveur de la nuit. Après tout, je suis partout. Enfin partout, mais pas n'importe où.

Vous m'adorez, ne dites pas le contraire,

s et o regardent dans le miroir déformant

— Hou, hou? Hou, hou?

Olivia Waldorf et Serena van der Woodsen pénétrèrent, majestueuses, dans l'entrée décorée avec parcimonie de la paisible maison milieu de siècle de Bailey Winter à East Hampton. Si, dehors, les hortensias fleurissaient, le pollen voletait et les températures grimpaient, à l'intérieur, il faisait frais et tout était nickel. Olivia posa son fourre-tout Tod's en cuir rose saumon sur le sol en zingana et cria de nouveau : « Hou, hou? »

— Il y a quelqu'un? ajouta Serena.

Elle releva sur sa tête ses lunettes de soleil Chanel *vintage* aux montures en bois. Elle était habituée aux maisons bondées d'antiquités, mais si elle devait avoir une résidence secondaire, elle la voulait exactement comme celle-ci : lustrée, nickel et sans meubles d'époque.

— Vous voilà, vous voilà, vous voilà! s'écria le couturier.

Il descendit majestueusement l'escalier en acajou ciré, comme un bambin trop grand le matin de Noël, frappa dans ses mains avec délices, et cria par-dessus le chœur de glapissements des cinq carlins à ses basques.

Olivia échangea trois baisers pour la forme avec le

créateur et constata, pour la première fois, qu'il était si petit que sa tête se trouvait au même niveau que son menton. Après avoir fourni les costumes pour *Diamants sous canopée*, le remake pour ados du classique d'Audrey Hepburn, *Diamants sur canapé*, dans lequel apparaissait la plus vieille et meilleure amie d'Olivia, Serena en personne, Bailey Winter avait invité les filles à jouer les muses dans sa propriété de Georgica Pond pour l'été. Elles serviraient d'inspiration à sa nouvelle collection Été/Hiver by Bailey Winter, une collection à défilé unique de ses tenues d'été et d'hiver les plus tendances.

— Merci infiniment de nous avoir invitées, ronronna Olivia alors que les cinq petits chiens reniflaient, enthousiastes, ses orteils vernis de rose pâle *South of the Highway*, aujourd'hui revêtus, naturellement, des espadrilles en lin blanc Bailey Winter.

— Ne sois pas timide! cria le créateur par-dessus l'épaule droite d'Olivia, faisant sursauter Serena, toujours sur le pas de la porte, qui ne perdait pas une miette du spectacle. Viens donc me faire immédiatement un énorme poutou!

Serena suivit l'exemple de son amie, déposa son fourre-tout Hermès en toile vert forêt sur le sol bien ciré puis étreignit le minuscule couturier. Les carlins tournoyèrent autour d'elle et frottèrent leurs grosses bajoues dégoulinantes de bave sur ses jambes déjà bronzées.

— Juste ciel! Un peu de tenue! dit Bailey, réprimandant les chiens, qui n'y prêtèrent pas attention et agitèrent leurs minuscules croupes blondes comme des fous. Les filles, laissez-moi vous présenter. Voici Azzedine, Coco, Cristobal, Gianni et Madame Grès. (Il désigna d'un signe de tête les cinq chiens aux yeux globuleux.)

Les enfants, voici les filles : Serena van der Woodsen et Olivia Waldorf, mes nouvelles muses. Soyez sympas !

— Dois-je prendre les sacs ? s'enquit une voix grave avec un léger accent allemand.

Olivia se retourna et vit un garçon dégingandé aux cheveux détachés entrer dans la pièce par le couloir inondé de soleil qui menait au fond de la maison. Elle distingua une piscine presque noire aux bords infinis par les fenêtres qui allaient du sol jusqu'au plafond derrière lui. Le garçon portait un T-shirt orange râpé qui recouvrait à peine ses biceps caramel et un short cargo olive élimé qui pendillait en dessous de ses genoux. Où l'avait-elle déjà vu ? Dans un catalogue Abercrombie ? En sous-vêtements sur un panneau d'affichage de Times Square ?

Dans ses rêves ?

— Oh, boooonjour, Stefan ! cria Bailey d'une voix perçante. Les filles séjourneront dans la maison d'invités.

— Certainement, répondit Stefan, tout sourires, en attrapant les sacs abandonnés par les jeunes filles.

— Nous en avons d'autres dans la voiture, l'informa Olivia en admirant ses biceps tendus quand il ramassa son fourre-tout plein à craquer.

— Vilaine ! murmura Bailey en aparté en croisant le regard d'Olivia. (Il passa un bras bien bronzé quoique légèrement orange sur ses épaules et les serra affectueusement.) Il est délicieux, n'est-ce pas ?

Olivia hocha la tête, enthousiaste, bien que la vue des bras musclés de Stefan et de ses cheveux baignés de soleil lui rappelât Nate Archibald, peut-être l'ex-futur amour de sa vie. Le soleil semblait faire des miracles sur le corps de Nate. Il pouvait porter un polo ringard datant de la troisième et le bermuda kaki Brooks Brothers moche bien repassé que sa mère lui achetait toujours, il n'en demeurait pas moins honteusement canon.

En se garant devant la maison en béton et en verre de Bailey quelques minutes auparavant, Olivia n'avait pu s'empêcher de passer subrepticement en revue les allées voisines pour y repérer la voiture de Nate. Sa famille passait tous les étés dans le Maine, mais elle avait entendu dire qu'il séjournait dans leur nouvelle maison de plage des Hamptons pendant qu'il travaillait pour son coach. Elle n'y était jamais allée, mais elle devait vraisemblablement se trouver dans le coin. Non pas qu'elle y ait vraiment pensé ou quoi que ce soit.

Bien sûr que non.

C'étaient les dernières vacances d'été de toute sa vie – certes, l'université devait aussi en offrir, mais Olivia espérait qu'elles seraient émaillées de stages importants dans des magazines de mode, de fouilles archéologiques dans le désert de Mumbai, ou de recherches « anthropologiques » dans le sud de la France. Dans huit semaines tout juste, elle chargerait sa nouvelle BMW biscuit – un cadeau de bac de son papa gay et globe-trotter mais néanmoins adorable – direction New Haven pour commencer sa vie d'étudiante à Yale. En attendant, elle était bien résolue à profiter un maximum de son existence de muse de la mode. Elle passerait ses journées à siroter du limoncello et de la vodka glacée au bord de la piscine, et ses nuits à malaxer les muscles des bras de Stefan. Ou à chercher Nate. Ou à ne pas chercher Nate. Enfin bref.

— Votre maison est magnifique.

La voix de Serena tira brusquement Olivia de sa rêverie, et elle cessa d'admirer les bras bien foutus de Stefan pour observer sa meilleure amie, assise par terre, tout sourires, entourée des chiens de Bailey. Elle portait une longue robe Marni en coton blanc aux bretelles spaghettis et à l'ourlet au crochet pourpre. Sur n'importe qui d'autre, cette robe aurait fait horriblement hippie, style tante Moonbeam de San Francisco, mais, naturellement, sur Serena elle était ravissante.

— Je suis enchanté que ma modeste demeure satisfasse les critères exigeants de Serena van der Woodsen, répondit Bailey.

Six chambres à coucher, sept baignoires, volière, maison d'invités, hélistation, et court de tennis : « modeste demeure », en effet.

Serena berça Coco dans ses bras et embrassa son visage adorablement déformé. Le carlin souffla et s'ébroua gaiement. Serena ne s'était pas roulée par terre avec un chien depuis l'époque où elle sortait avec Aaron, le demi-frère d'Olivia. Son chien Mookie avait bavé dans la chambre d'Olivia et fiché une telle frousse à Kitty Minkie, le chat de la jeune fille, qu'il avait fait pipi partout, mais Serena entretenait un grand faible pour lui. Elle se demanda si Bailey laisserait Coco dormir avec elle dans la maison d'invités la nuit, comme un ours en peluche vivant.

— On s'entiche de toi, hein, Coco ? roucoula Bailey en chatouillant le menton poilu du chien, comme si c'était un petit bébé velu. Venez, venez, je vais vous faire faire la visite complète.

Olivia fit les gros yeux aux quatre autres chiens qui la regardaient, pleins d'espoir. La dernière chose qu'elle voulait, c'était de la bave de clebs partout sur sa tunique Calypso en lin.

— Par ici, les filles, ajouta Bailey en leur faisant signe.

Il conduisit les cinq chiens et les deux filles comme un cortège de canards dans l'immense couloir, direction la partie principale de la maison. L'entrée était décorée de toiles représentant des cercles rouges d'Ellsworth Kelly qui recouvraient tout le mur, et qu'Olivia reconnut pour avoir vu un reportage sur la propriété de Winter dans un *Elle Décoration* de l'été précédent; elle donnait sur une immense cuisine agrémentée de comptoirs en béton coulé. Un énorme saladier en teck rempli de citrons jaunes, étincelants, trônait en plein milieu d'un des comptoirs.

— Voici la cuisine, expliqua leur hôte jovial. Mais la seule chose qu'il vous faut savoir, c'est où se trouve le bar. (Il montra du doigt une table en métal jonchée d'un tas asymétrique de décanteurs en verre.) Vous permettez?

Bailey entreprit de verser une liqueur claire sur de la glace, écrasa des feuilles de menthe, puis tendit deux verres à Martini pleins à Olivia et à Serena, qui dut passer Coco dans son autre bras pour prendre le verre.

— Qu'est-ce que c'est, d'ailleurs? s'enquit Olivia en levant ses sourcils foncés parfaitement arqués d'un air suspicieux.

— Juste un thé à la menthe pour mes filles! (Bailey vida son verre à Martini en une gorgée et s'en remplit un autre.) Et le frigo est bien garni, alors n'hésitez pas à le dévaliser. Ne me le dites pas, c'est tout – c'est la saison des maillots de bain, vous savez bien.

— D'accord, acquiesça Olivia en roulant intérieurement des yeux.

Les gens d'un certain âge disaient toujours qu'il fallait faire attention à ce qu'on mangeait, mais elle avait bien l'intention de consommer autant de glaces Cold Stone Creamery et de pain à la française qu'elle le désirait, tout en restant splendide dans son nouveau Bikini Blumarine rayé ivoire et bleu ciel.

Miam-miam.

— Venez, venez, dit Bailey en ouvrant à la volée les

portes qui donnaient sur le patio ensoleillé en pierres bleues. Voici la piscine et voici… poursuivit-il en montrant du doigt un bungalow bas en béton, version miniature de la maison principale, voici votre chez-vous, loin de chez vous. La maison d'invités. Vous y serez sans doute très bien. Nous avons mis la clim à fond, les draps sont importés d'Ombrie, et Stefan vous donnera tout ce dont vous avez besoin.

Tout?

— Il vous reste juste deux personnes très importantes à rencontrer *absolument*, les filles, s'enthousiasma Bailey avant de frapper gaiement dans ses mains et de renverser ce qui restait de son cocktail. Svetlana! Ibiza! Au pied, s'il vous plaît!

D'autres chiens?

— On arriveuh, monsieur Vinter!

Deux amazones tout en jambes surgirent de la maison d'invités – la leur – et se ruèrent vers Olivia, Bailey et Serena. Les chiens partirent dans un concert d'aboiements délirant.

— Je Svetlana, annonça la fille sans hanches apparentes et aux cheveux blond blanchâtre qui lui arrivaient aux fesses.

Elle portait un minuscule bas de Bikini orange fluo et deux minitriangles orange sur des seins inexistants.

— Je *suis* Ibiza, annonça l'autre, prudente.

Elle avait des cheveux châtains colorés, qui encadraient son visage de renard presque sexy, des yeux bleus brillants et un sourire étincelant légèrement gâché par deux dents de lapin très proéminentes. Son maillot de bain à rayures lavande et or était l'un de ces horribles une-pièce compliqués qui, de dos, ressemblait à un Bikini. Une découpe circulaire judicieusement placée sur le devant révélait un nombril plutôt duveteux.

Beurk !

Ibiza, dont le prénom faisait davantage penser à une marque de voiture, mit ses mains sur les hanches d'Olivia et l'embrassa deux fois pour la forme. Olivia frissonna d'horreur en réalisant qu'à l'exception de ses atroces problèmes orthodontiques cette fille lui ressemblait comme deux gouttes d'eau. Elle se dégagea de son étreinte et observa l'autre mannequin, qui, vue de plus près, était une version édulcorée de Serena, la grâce, l'assurance et l'éducation Nouvelle-Angleterre en moins. C'était quoi, ce bordel ?

— Svetlana et Ibiza seront les visages de la nouvelle collection, mes chéries. Sur les publicités, vous savez, expliqua Bailey avec un soupir satisfait. Vous deux servirez d'inspiration, naturellement.

Naturellement.

— Elles sont là pour vous observer. Pour *être* vous, vraiment, poursuivit-il en levant théâtralement son verre de Martini, comme s'il jouait dans *Rent*[1] à Broadway. Je veux qu'elles captent votre essence même.

C'est ce qui s'appelle donner la chair de poule.

— Enchantée, dit Serena en tendant la main aux deux filles et en se tournant d'abord vers son sosie.

Serena se montrait toujours d'une politesse infaillible, mais elle ne put s'empêcher d'être dégoûtée intérieurement. Hormis sa voix haut perchée et son goût discutable en matière de maillot de bain, Svetlana lui ressemblait trait pour trait, ou presque. Cela lui rappelait Halloween, en CM1, quand Olivia et elle s'étaient

1. Comédie musicale de Jonathan Larson, inspirée de l'opéra de Giacomo Puccini, *La Bohème*. Créé en 1996 à New York, ce spectacle a connu un succès phénoménal sur les planches de Broadway et acquis rapidement le statut d'œuvre culte. *(N.d.T.)*

habillées comme leurs enseignants, avec des perruques, des ignobles cardigans Talbots et des mocassins marron.

— Ça va être comme une soirée-pyjama géante ! s'écria Bailey comme une petite fille de six ans.

Ibiza et Svetlana rirent jaune.

— Bataille de polochons ! crièrent-elles en chœur avec leur accent prononcé des pays de l'Est.

— Dieu que vous êtes divines ! lança Bailey avant de jeter son verre sur la pelouse vert velouté et de frapper dans ses mains à toute vitesse.

Olivia darda un regard noir sur les images quasi inversées de Serena et elle. Pour tout le monde, elles devaient sûrement avoir l'air de poupées Barbie heureuses, insouciantes et dénutries, mais Olivia avait toujours été plus perspicace que la moyenne. Bien sûr, Svetlana et Ibiza étaient sûrement censées s'asseoir et attendre que les filles déteignent sur elles, mais Olivia repéra autre chose dans leurs yeux de fouine. Quelque chose de calculé et de franchement garce.

Et elle savait le reconnaître.

Être des pis-aller ne les intéressait pas. Svetlana et Ibiza avaient clairement d'autres projets.

Bien, très bien.

Olivia se tourna vers Serena et la gratifia d'un grand sourire, brusquement ravie que sa meilleure amie soit à ses côtés. Elle lui prit la main.

— Allons nous rafraîchir, murmura-t-elle d'un ton suggestif.

— Bonne idée.

Serena comprit immédiatement. Elle laissa Coco se dégager de son étreinte en se tortillant. Puis toutes deux sautèrent dans la piscine bleue tentante, chaussures et tout et tout, poussant des cris perçants quand elles atterrirent dans l'eau à température idéale.

— Iiik! cria Bailey d'une voix grinçante quand l'eau javellisée éclaboussa son pantalon en lin blanc étincelant. Voilà qui m'inspire! *Hilfe!* Stefan, vite, mon carnet à croquis! *Bitte*, mon très cher!

Olivia enfouit la tête sous l'eau scintillante qui clapotait, sentant ses cheveux foncés tourbillonner autour d'elle. Elle refit surface juste à temps pour apercevoir Ibiza se tourner vers Svetlana avec un air de conspiratrice. Et, sur ce, les copieuses se dirigèrent vers le bord de la piscine et sautèrent dans le grand bain comme des boulets de canon, leurs os claquant sur l'eau.

Bienvenue dans votre nouvelle famille, les filles!

n sait reconnaître une femme au foyer désespérée quand il en voit une

— Nate? Naaa-te? Où te caches-tu, ma petite groseille?

Ce cri étouffé et lointain fit se dresser tout droit les poils fins décolorés par le soleil dans la nuque bronzée de Nate Archibald. Il avait délibérément choisi le grenier miteux mais désert de la maison de Michaels le coach pour échapper vite fait à une nouvelle journée de servitude dans cette partie de Long Island pas-si-tendance-que-ça.

S'échapper, naturellement, signifiait s'échapper à Défonceland. Inspirer du THC, expirer du CO_2.

Il tira une longue taffe sur le joint qu'il venait de rouler, souffla une volute de fumée chaude et sèche par la petite lucarne tout en s'efforçant de deviner d'où provenait la voix. La voix en question appartenait à Patricia, également connue sous le nom de « Babs », l'épouse de Michaels le coach, omniprésente et bronzant habituellement les seins nus au bord de la piscine. Nate travaillait dans la maison de Hampton Bays de son entraîneur depuis le bac – ou dans son cas, depuis le presque-bac, vu qu'il n'avait pas encore reçu son diplôme en raison d'un incident de vol de Viagra désormais tristement célèbre. Et si Babs avait toujours été amicale – elle lui apportait de grands verres de thé glacé quand il tondait la pelouse adorée de son entraîneur, le forçait à manger une tartine de beurre à la cannelle quand il arrivait le matin, les yeux troubles et prêt à travailler – voilà deux jours qu'elle se montrait… *hyper*-amicale. Il avait beau être défoncé la plupart du temps, il était suffisamment lucide pour se rendre compte que Babs Michaels avait *assurément* un faible pour lui.

N'est-ce pas le cas de tout le monde?

Nate marqua une pause et concentra toute son énergie pour écouter la maison silencieuse, mais le seul bruit qu'il entendit fut celui de son cœur, défoncé et nerveux, qui battait à tout rompre. Il reporta le joint à ses lèvres et marqua une pause – peut-être le shit le rendait-il parano, mais il crut entendre quelque chose. On aurait dit des bruits de pas qui approchaient.

Merde! Il éteignit le pétard à la hâte sur le rebord de fenêtre en bois rêche et projeta une averse d'étincelles par terre. Super – non seulement il allait se faire piquer en train de fumer un pétard au boulot, mais en plus, il allait mettre le feu à cette putain de maison par la même occasion. Il mit le mégot dans sa poche – idiot de le gâcher – et chassa frénétiquement la fumée par la fenêtre ouverte.

— Es-tu là-haut, Nate? fit la voix de Babs, tonitruante, depuis le bas de l'escalier du grenier. Est-ce que je sens quelque chose… *d'illégal*? Tu sais, j'ai été adolescente autrefois, moi aussi – il n'y a pas si longtemps!

Nate agitait toujours frénétiquement les mains lorsque Babs surgit en haut de l'escalier. Un sourire sournois s'étala sur son visage ridé et brûlé par le soleil. Ses cheveux teints en roux étaient attachés en queuede-cheval lâche, un halo de mèches auburn bouffait autour de son front.

— Te voilà, soupira la jeune femme. Ne m'as-tu pas entendue t'appeler ?

Nate secoua la tête en signe de dénégation, brusquement très inquiet par son degré de défonce.

— Bien, poursuivit-elle en avançant vers lui sans se presser, en passant devant les cartons et tous les vieux jouets et merdouilles que le coach et elle avaient stockés. Tu sais ce qu'a dit mon mari : quand il est en ville, tu es *à moi*.

— Ou-ouais, bafouilla Nate.

Le coach était parti à une conférence dans le Maryland pour la semaine, probablement dans le but d'apprendre de nouvelles techniques pour torturer les lycéens. Nate paniqua brusquement de ne pas avoir complètement éteint le joint. Et si son pantalon prenait feu ?

Mince alors !

— Le fait est, Nate, reprit la jeune femme en caressant nonchalamment le guidon d'un vieux vélo Schwinn rouillé qui pendouillait au plafond, que j'ai besoin d'un coup de main. Rends-moi un petit service, veux-tu ?

— Bien sûr, acquiesça-t-il. C'est pour cela que je suis là.

— Or, ce petit service risque de ne pas tomber dans tes attributions habituelles, admit-elle. Mais si tu avais l'amabilité de m'aider, peut-être que je ne dirais rien sur le fait que mon grenier sent comme un concert des Grateful Dead. Qu'en dis-tu ?

Que répondre à du chantage ?

— Je... je suis désolé, bafouilla-t-il. Ça ne se reproduira plus.

Babs rit.

— Tu ne peux raisonnablement pas espérer que je vais croire ça. (Elle sourit, poussa le vélo vers Nate, toujours recroquevillé près de la fenêtre.) Mais tant pis. J'ai besoin d'un coup de main et tu en as deux. (Elle prit ses mains à présent calleuses entre les siennes et les examina.) Deux mains très capables et très fortes.

Nate se demanda s'il ne devait pas prévenir le coach que ses gosses ne lui ressemblaient pas pour une bonne raison : Babs s'était probablement tapé tous les jeunes qui bossaient à l'épicerie et emballaient ses provisions.

— Que puis-je faire pour vous ? demanda-t-il en tâchant d'avoir l'air joyeusement poli, mais il entendit sa voix gazouiller d'une pure terreur de défoncé.

Babs relâcha ses mains et défit le bouton du haut de sa chemise en coton rose.

— J'ai décidé de faire une petite surprise au coach.

Elle défit un autre bouton.

— Je vois, répondit Nate d'un ton égal.

Et en effet, il voyait : un décolleté hyper-impressionnant, et à peine une marque de bronzage grâce à son régime de bains de soleil seins nus l'après-midi.

Bien.

— J'ai décidé de me faire faire un petit tatouage, gloussa-t-elle en défaisant le dernier bouton de sa chemise et en la faisant glisser par terre. Juste un petit quelque chose que le coach découvrira en rentrant à la maison.

— Super.

Il hocha la tête. *Regarde-la dans les yeux, regarde-la dans les yeux, regarde-la dans les yeux.*

— Mais je dois en prendre particulièrement soin, murmura-t-elle d'une voix rauque en lui tournant le dos pour révéler le minuscule tatouage d'un papillon, les ailes vertes ouvertes sur le cuir brûlé du creux de ses reins. Or, j'ai l'impression qu'il est trop bas pour moi.

Mon tatoueur, Matty, m'a conseillé d'y appliquer cette pommade toutes les deux heures.

Nate examina le tatouage en tâchant désespérément de s'éclaircir les idées. Qu'était-il censé faire dans cette situation? Babs n'était pas mal, mais, vue de près, sa peau avait l'air d'un vieux gant de base-ball usé, et son parfum sentait le savon de toilettes de station-service.

Pas étonnant que Michaels le coach ait eu besoin de Viagra.

À propos: il donnerait un coup de pied au cul de Nate, et pas uniquement au figuré, s'il apprenait que sa femme avait enlevé le haut en sa présence. D'un autre côté, s'il n'appliquait pas de pommade sur le tatouage de Babs, elle raconterait à son mari qu'il fumait un pétard au travail. Le coach ne lui donnerait sûrement pas son diplôme à la fin de l'été, ce qui signifiait fini Yale, et, en gros, que toute sa vie serait foutue en l'air.

Ses choix étaient légèrement limités.

— Où est la pommade? demanda-t-il à Babs en fermant les yeux quand il l'appliqua. (Il chercha dans son cerveau défoncé un sujet non sexuel à aborder.) Hum, après, il faudra que j'aille enlever la tondeuse qui est en plein soleil, sinon elle risque d'exploser. Je ne voudrais pas être à l'origine d'un incendie.

Trop tard, chéri. Trop tard.

les esprits tordus se rencontrent

— Aïe, merde! marmonna Daniel Humphrey en se brûlant la langue sur son semblant de café – de l'instantané Folgers à l'eau du robinet.

Jamais entendu parler du Starbucks, mec?

Il fourra une Camel légèrement tordue dans sa bouche et essaya de tirer une taffe tout en soufflant sur son café pour le refroidir, ce qui était totalement impossible. Du café se renversa du mug en céramique aubergine tout bosselé que sa mère avait confectionné des années plus tôt, avant de partir en Hongrie ou en République tchèque, ou dans le putain de pays où elle vivait, et se renversa sur le sol en lino jaune poussiéreux. Il n'était clairement pas du matin.

Il déposa la pauvre tasse sur un coin à moitié encombré du vieux comptoir de cuisine en Formica et se dirigea à pas de loup vers le vieux réfrigérateur beige années 70, espérant en dépit de tout qu'il pourrait y piquer quelque chose de comestible qu'il mangerait en se rendant au métro. Il ne lui restait que vingt minutes avant d'aller travailler – un job temporaire de rêve au Strand, la librairie tentaculaire à plusieurs étages de Greenwich Village – et s'il ne mangeait pas tout de suite, d'ici à ce que sa pause déjeuner arrive, il serait à moitié mort d'inanition.

Retenant son souffle pour éviter toute exposition à de malheureuses odeurs, il passa la tête dans le gros appareil qui grondait et en examina le contenu : un vieux pot de café CorningWare rempli d'une espèce de mélange recouvert d'une mousse verte floconneuse, un saladier en céramique blanche débordant de restes de légumes inidentifiables, une boîte en plastique transparent contenant des œufs durs sur lesquels sa sœur Jenny avait dessiné de petits visages avant de partir en Europe, voilà plus d'un mois. Ce n'était pas joli-joli.

— Laisse tomber, marmonna une voix derrière lui. J'ai regardé hier soir. Il n'y a rien d'un tant soit peu mangeable là-dedans.

Il ferma le réfrigérateur et sourit mollement à Vanessa Abrams, passée du statut de meilleure amie à celui de petite amie puis de colocataire. Après de nombreux hauts et de nombreux bas – dans lesquels l'œil baladeur et salace de Dan avait toujours eu sa part de responsabilité – ils avaient décidé qu'il valait mieux qu'ils restent amis et dorment dans des lits séparés, dans des chambres séparées. Il s'avérait simplement que ces chambres se trouvaient dans le même appartement car Vanessa était récemment devenue SDF à cause de sa garce de sœur hyperégoïste nouvellement maquée à un Tchèque.

— Ouais, ça craint, constata Dan. (Il jeta sa cigarette dans l'évier où elle s'éteignit dans un sifflement.) Je meurs de faim.

— Mmm, grogna Vanessa en passant au micro-ondes une tasse graduée en Pyrex, la seule vaisselle propre qu'elle avait pu trouver.

Elle renversa du Folgers par terre en essayant d'en mettre dans la tasse. Elle n'était pas non plus du matin.

Le couple idéal.

Elle se hissa sur le comptoir encombré, ses jambes pâles et piquantes dépassant d'un boxer bleu marine usé de Dan. C'était bizarre de la voir porter encore quelque chose qui lui appartenait, quelque chose de si *intime*, alors qu'ils ne sortaient plus ensemble. Cela le rendait... triste.

Chaque nuit de la semaine précédente, Dan était resté au lit éveillé, à se demander ce que faisait Vanessa dans la chambre à côté. Il l'avait entendue se lever pour se rendre à la salle de bains, et avait envisagé de la croiser par hasard dans le couloir enténébré et familier de l'appartement. Ils tomberaient dans les bras l'un de l'autre et s'embrasseraient comme des fous en regagnant la chambre de Dan. Il caresserait son crâne rasé, adorant la sensation familière des cheveux coupés ras contre sa poitrine, ses oreilles toujours si chaudes quand elle était excitée...

Il secoua brusquement la tête, comme s'il voulait chasser de l'eau de ses oreilles.

— Tu vas bien ? lui demanda Vanessa en le regardant d'un air suspicieux.

Elle changea de place sur le comptoir et s'installa près du micro-ondes.

— Hum, ouais, hurla pratiquement le jeune homme, ses petits doigts dans les oreilles. J'imagine que je ferais mieux de prendre la route. Faut que j'aille travailler. Gagner des thunes. Tu sais ce que c'est !

— Pourquoi hurles-tu ? lui demanda-t-elle d'un ton calme, les sourcils froncés, interrogatifs.

— Oh, désolé ! dit Dan en riant.

Il descendit son café en une gorgée rapide, ignora la sensation de brûlure dans sa gorge et passa le bras devant Vanessa pour attraper son exemplaire plié du *New York Review of Books* qu'il lirait dans le métro.

— Bon, bye, passe une bonne journée, ajouta-t-il en résistant à l'envie pressante de l'embrasser.

— Bye ! lui cria-t-elle.

Son *Review* roulé fourré sous son aisselle humide, Dan descendit d'un bond l'escalier de granit pourri qui menait à la salle de repos des employés à la craderie légendaire. La cage d'escalier obscure sentait les livres moisis, ce qui aurait dû être désagréable, mais qui demeurait en fait l'une des odeurs préférées de Dan.

Il avait trente secondes pour planquer son journal, prendre son badge dans son casier et monter bosser. Aucun des gérants de la librairie ne prenait avec humour quelque chose comme le retard. C'étaient de pseudo-universitaires, libéraux et bourrus, qui n'appréciaient pas les jeunes en jobs d'été comme Dan. Ils se contentaient de l'appeler « le nouveau » ou de lui lancer un « salut toi » en dépit du fait qu'il travaillait ici à plein temps depuis près d'un mois et portait un badge nominatif tous les jours, comme eux.

Comme c'est glamour.

Dan fit irruption dans la minuscule salle et cogna accidentellement la porte contre le mur, faisant sursauter un jeune maigrichon aux cheveux blonds, courts et ébouriffés, et aux lunettes à monture d'écaille trop grandes pour son visage carré aux yeux écarquillés.

— Désolé, marmonna Dan en se ruant vers son casier attitré – un minuscule cagibi de trente centimètres et demi à quelques centimètres du sol de béton jonché de moutons de poussière et de décennies de mégots de cigarettes. Il entra son code ringard – 28/8/49, la date de naissance de Goethe, l'auteur de son livre préféré de tous les temps, *Les Souffrances du jeune Werther*, y jeta son journal et attrapa son badge en plastique.

— *New York Review of Books*, hein? fit le blond.
— Quoi? Ouais.

Dan accrocha le badge rouge merdique à son T-shirt noir délavé et regarda l'étranger d'un air suspicieux. Il ne l'avait pas encore remarqué. Était-ce son premier jour? Était-il possible qu'il ne soit techniquement plus « le nouveau » ?

— Je m'appelle Greg, sourit le nouveau. C'est mon premier jour.

De la viande fraîche au pays des livres moisis. Ça allait être la fête!

— Cool. Bienvenue en enfer, aboya Dan en se réjouissant secrètement d'avoir enfin de l'ancienneté sur quelqu'un.

— En fait, je n'arrive pas à croire que je suis ici, poursuivit Greg avec empressement en jetant des coups d'œil dans la pièce comme s'il s'agissait de la chapelle Sixtine et non d'une pièce sale sans fenêtres, au sous-sol infesté de rats. Il portait une chemise boutonnée style cow-boy à manches courtes et un treillis coupé, qui lui rappelait Vanessa. L'autre après-midi, alors que la clim marchait à fond dans le séjour, elle avait spontanément coupé les jambes de son cargo noir préféré pour en faire un short. Dieu qu'elle lui manquait!

— J'ai toujours rêvé de travailler ici, tu sais? reprit Greg.

— Le boulot, c'est le boulot, répondit Dan, désintéressé.

Bien sûr, il comprenait parfaitement ce que disait Greg, mais cela lui plaisait d'imiter l'attitude de mise chez les employés plus anciens du Strand. Cela lui donnait l'impression d'être dur, comme s'il pouvait éteindre sa prochaine cigarette sur le dos de la main de Greg.

— J'ai vu un chariot de vieux magazines littéraires à l'étage, près de l'ascenseur. J'imagine qu'il faudra que tu t'en occupes jusqu'à l'heure du déjeuner.

— Super! s'enthousiasma Greg. Je suis censé attendre ici? Ce type, Clark, il m'a dit de descendre ici et qu'il me rejoindrait vite, mais ça fait, genre, un quart d'heure…

— Clark sait très bien ce qu'il fait, l'interrompit Dan. Il faut que je monte. Je suis sûr que l'on se reverra, Jeff.

— Greg, le corrigea celui-ci. On ne t'a jamais dit que tu ressemblais comme deux gouttes d'eau à ce type des Raves? Dan quelque chose?

Dan s'immobilisa sur sa marche.

— Humphrey. Il s'appelle Dan Humphrey, l'informa-t-il. En fait, je m'appelle Dan Humphrey.

La carrière du jeune homme avec les Raves, les rockeurs du centre de New York, avait duré précisément le temps d'un petit concert au Funktion, dans le Lower East Side. Il ne parvenait pas à croire que quelqu'un puisse se souvenir de cette soirée. Lui n'en gardait aucun souvenir en tout cas.

Voilà ce qu'une bouteille entière de vodka Stoli peut vous faire.

— Oh! mec, tu es sérieux? (Greg traversa la petite pièce et tendit la main.) Tu es Dan Humphrey? Tu es *le* Dan Humphrey, le poète? Quand je pense que je suis en train de te parler! Forcément, c'est logique – tu *devais* travailler au Strand. (Il remonta ses lunettes ringardes à monture d'écaille sur son nez.) C'est parfait. Je n'arrive pas à y croire! J'ai adoré tes poèmes, mec! T'as des nouveaux trucs que je peux lire?

Dan se sentit rougir. Avant son improbable tour de force en tant que rock-star, il avait publié un poème,

Salopes, dans le *New Yorker*. Il avait été la coqueluche du monde littéraire pendant cinq minutes très précisément et, bien que ses souvenirs de cette époque fussent complètement flous, il n'arrivait pas à croire qu'il y eût quelqu'un à part son père qui se souvenait de ses démêlés avec la gloire poétique.

— Eh bien, les poètes doivent continuer à travailler, mentit énergiquement Dan. En ce moment, je rassemble des idées pour une nouvelle. Voilà pourquoi je suis plus ou moins immobilisé ces derniers temps.

— Ça alors, quel honneur! Je n'y crois pas! Je rencontre un poète du *New Yorker*! C'est incroyable!

— Il n'y a pas de quoi en faire un plat, rétorqua Dan en agitant la main comme s'il chassait les compliments.

Monsieur Modeste.

— C'est parfait, poursuivit Greg en fourrant les mains dans les poches de son short coupé juste en dessous du genou. Écoute, je n'arrive pas à croire que je vais te demander cela, mais j'essaie de monter un salon littéraire, tu sais un genre de truc informel, des tas de gens qui adorent lire et qui se retrouvent une fois de temps en temps pour passer le temps, parler de littérature, de poésie et de musique. Et des blogs. Mais seulement de temps à autre. Je suis sûr que tu es probablement très occupé, mais peut-être aimerais-tu te joindre à nous? Enfin, si tu es trop occupé, c'est cool mais…

— Un salon.

Dan l'interrompit dans son radotage.

Ça avait l'air carrément… génial. Il était venu travailler au Strand dans l'espoir d'entretenir des tas de longues conversations stimulantes à l'heure de la pause sur les films étrangers et les classiques, mais jusque-là, les seules discussions profondes auxquelles il avait participé portaient sur deux collègues qui voulaient lui taxer des cigarettes.

— Ça m'a l'air cool.

— Oh mec, c'est super! s'écria Greg, tout excité, la voix tremblante. Je bosse encore sur les détails, tu sais, j'ébauche un cahier des charges, je cherche le moyen de recruter des membres.

— Un cahier des charges, répéta Dan en opinant, songeur. Je pourrais peut-être te donner un coup de main.

— Vraiment? Fantastique, putain! (Il sortit un stylo arc-en-ciel de sa poche poitrine et prit la main de Dan.) Je te donne mon e-mail. (Il griffonna son adresse sur sa paume.) Envoie-moi des idées au pif et je les diffuserai. Et il nous faut aussi un nom. Je pensais que l'on pourrait mélanger ceux de poètes morts, comme Wadsworth, Whitman, Emerson ou Thoreau. Ils s'en ficheraient.

Peut-être, mais ils se retourneraient sûrement dans leur tombe.

— Cool. (Dan dégagea sa main de l'étreinte de Greg et jeta un œil à l'adresse qu'il avait griffonnée.) Je te contacterai, ajouta-t-il en tâchant de dissimuler son enthousiasme. Il lui fallait de nouveaux amis maintenant que Vanessa s'était légitimement lassée de lui.

Un mot: triste. Mais aussi... légèrement mignon. Dans un genre sérieusement triste.

« *oh the places you'll go*[1] *!* »

— OK, soupira Vanessa en s'agenouillant sur le tapis de la salle de jeux du cinquième étage de la maison de ville de la famille Morgan-Grossman sur Park Avenue. On fait une dernière vérification des sacs et on est partis. Prêts?

— Prêts! hurlèrent Nils et Edgar en stéréo.

Ils étaient jumeaux et faisaient donc presque tout à l'unisson, que ce soit renverser du jus de canneberge sur les fauteuils d'époque recouverts de soie ivoire de leur mère ou hurler à pleins poumons – probablement pour rappeler à leur maman qu'ils existaient. Ils étaient adorables dans leur genre, mais ce genre était particulièrement difficile à apprécier quand vous deviez nettoyer diverses parties de leurs corps et vous assurer qu'ils passaient la journée sans blesser lesdites parties de leurs corps. Et c'était précisément la situation dans laquelle se trouvait Vanessa. Elle s'était fait virer de son premier job hollywoodien sérieux de directeur photo

---

1. Classique du Dr Seuss, ce livre est offert à tous les bacheliers et futurs étudiants : il s'agit d'une ode à l'épanouissement personnel, destinée à tous ceux qui tournent une nouvelle page dans leur vie et qui les aide à combattre leurs peurs, relever des défis, réaliser leurs rêves… *(N.d.T.)*

sur *Diamants sous canopée* et, dans un moment de désespoir personnel et financier, elle s'était fait embaucher en tant que nurse.

Mais elle était ivre à ce moment-là. Forcément.

C'était presque trop déprimant de songer que, deux semaines plus tôt, elle participait à des répétitions privées dans la suite d'une grande star du cinéma au Chelsea Hotel et qu'elle faisait ce qu'elle préférait. Et voilà qu'à présent elle se trouvait dans une chambre d'enfant mansardée légèrement édouardienne à Carnegie Hill, une tache de gelée de raisin sur son Levi's et deux garçons au nez plein de morve qui faisaient des culbutes à ses pieds, tandis que les stars du cinéma prenaient le soleil à la plage, à quelques kilomètres de là, dans les Hamptons. Non pas qu'elle fût du genre midinette à courir après les stars, mais bon…

— Allons-y. Mouchoirs ? demanda-t-elle.

— Yééé ! crièrent les jumeaux en brandissant deux paquets de Kleenex.

Ils les jetèrent dans le fourre-tout Lilly Pulitzer rose et vert.

— Sachets de snacks ?

— Yééé !

Ils rassemblèrent deux petits sacs remplis de crackers au cheddar en forme de poisson rouge.

— Jus de fruits ?

— Yééé !

— Ne les jetez pas !

Vanessa se rappela immédiatement les taches roses qu'elle avait eu tant de mal à nettoyer sur les fauteuils d'époque.

— Jeter quoi ?

Allison Morgan, alias *Madame*, monta résolument l'escalier en bois étroit et pénétra dans la salle de jeux inondée de soleil, ses stilettos Jimmy Choo à brides en peau de serpent claquant sur le parquet blond.

— Maman!

Les garçons abandonnèrent leur sac pour l'expédition de la journée et se jetèrent la tête la première dans les bouclettes ivoire de sa jupe trapèze Chanel au genou.

— On fait son sac pour une excursion? demanda Mme Morgan sur un ton ultrafaux, haut perché, en s'éloignant des jumeaux.

Très perspicace, maman.

— Me suis dit que l'on pourrait aller au zoo de Central Park aujourd'hui, expliqua Vanessa.

— Oh mon Dieu! gloussa Allison. Central Park? Vous souvenez-vous de ce qu'il s'est passé la dernière fois?

Bien sûr que Vanessa s'en souvenait. Elle n'oublierait jamais la vision de Dan avec ses genouillères jaune fluo et ses rollers, main dans la main avec une autre. Une fille aux cheveux longs, horriblement guillerette et toute vêtue de Spandex. Ça avait été tellement bizarre que ça en était tordant, mais aussi navrant. Cigarette au bec, cheveux de rock-star emmêlés, débraillé, T-shirt sale, pantalon de velours côtelé couleur vomi long au point d'en être ridicule – *c'était* le Dan Humphrey qu'elle connaissait.

Et aimait?

Mais, naturellement, ce n'était pas à cela que se référait la nouvelle patronne militante de Vanessa. Elle voulait dire que les jumeaux avaient ruiné leurs vêtements en mangeant des glaces à l'eau et avaient passé la moitié de la nuit à hurler « caca fudgie » à cause du sucre.

Mais Vanessa pensait encore à Dan, c'était plus fort qu'elle. Les choses étaient plus ou moins revenues à la normale, à présent. Ou *presque*. Peut-être était-ce dû au manque de sommeil ou au fait qu'elle était hyper-soulagée qu'il ait plaqué la bombe blonde musclée par le yoga et accro de fitness et que le bon vieux Dan soit de retour, mais zut alors, ce matin dans la cuisine, elle avait eu du mal à résister à l'envie de l'embrasser. Il était si mignon, à avaler du mauvais café dans ce mug tout cabossé, des croûtes de sommeil plein les yeux. C'était presque… naturel, comme elle avait toujours imaginé leur vie ensemble. Sauf qu'ils n'étaient *plus* ensemble. Ils étaient juste… amis. Et elle ne voulait sûrement rien faire pour gâcher cela, du style enfouir son nez dans ses cheveux chauds et délicieux sentant le tabac froid. Non, elle n'y tenait absolument pas.

Menteuse.

— Écoutez, Vanessa, je suis ravie de vous avoir trouvée. (Le bruit de la voix râpeuse d'Allison encore imprégnée de trop de chardonnay de la veille la fit brusquement revenir sur terre.) Nous partons dans notre maison d'Amagansett dans quelques jours. La chaleur est tout simplement insupportable en ville et les garçons aiment tellement la plage !

— La plage ! hurlèrent Nils et Edgar à l'unisson naturellement, prenant cette nouvelle comme un signal pour faire le tour de la salle de jeux à toute allure, surexcités.

— Vous voyez dans quel état ils sont déjà, observa Mme Morgan. Enfin bref, qu'en dites-vous ? Nous avons une suite supplémentaire dans l'aile du dernier étage de la maison, – très confortable, beaucoup d'intimité. Vous passerez les journées avec les garçons et vous serez libre à, disons, six heures, quand ils dîneront. Votre paie restera la même, naturellement.

Vanessa étudia la situation : elle remplissait de bricks de jus de fruits et de crackers un fourre-tout si bourge que ça en était injurieux, pendant que deux micromaniaques couraient autour d'elle à toute allure et glapissaient des inepties à propos des vagues. Quoi d'autre l'attendait ? Une nouvelle soirée passée à fixer les fissures au plafond de la chambre de Jenny, qui sentait encore l'essence de térébenthine, à se demander ce que faisait Dan de l'autre côté du mur et à fantasmer sur ses baisers qui sentaient le café chaud et la cigarette ?

Elle détestait le soleil, ne possédait même pas de maillot de bain, et, en gros, méprisait tout ce qui concernait la plage et les gens mortellement ennuyeux, bronzés et à moitié nus, qui contemplaient le soleil. Mais sa vie craignait tellement en ce moment que même cette perspective ne lui semblait pas... si nulle.

— Amagansett, prononça lentement Vanessa, comme si c'était une maladie ou une zone génitale ou un pays d'Extrême-Orient dont elle n'avait jamais entendu parler. Ça m'a l'air charmant.

Oh! oui, c'est charmant. Mais seulement dans les bonnes conditions.

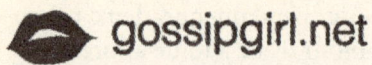

thèmes ◄précédent suivant► envoyer une question répondre

Avertissement : tous les noms de lieux, personnes et événements ont été modifiés ou abrégés afin de protéger les innocents. En l'occurrence, moi.

Salut à tous !

J'interromps vos programmes habituels pour vous communiquer cette nouvelle de dernière minute :
Mes pronostiqueurs sont les *meilleurs*. Vous vous souvenez peut-être d'un lecteur inquiet qui a écrit voilà quelques jours à propos de deux sosies imposteurs qui avaient infiltré la haute société des Hamptons ? Il s'avère qu'elles ne nous dupaient pas : l'épouvantable duo qui affiche une ressemblance déconcertante avec **O** et **S** est une paire de demi-beautés estoniennes qu'un certain créateur a embauchées pour être les visages de sa toute nouvelle entreprise, une collection de prêt-à-porter qu'il lance à l'automne. Il semblerait que ce soit deux fois (quatre fois ?) plus de problèmes. Et dire que je pensais que les scientifiques avaient seulement réussi à cloner un mouton ! L'Estonie est tellement en avance, technologiquement parlant. Mais c'est surtout l'histoire sordide de ces filles qui vaut le détour. Des infos refont surface au moment où je vous parle ! Je parie que **O** sera la première à péter un câble, mais avant, prenons une seconde pour apprécier toutes les éventualités. Avoir son propre sosie ne pourrait-il pas se révéler extrêmement utile de temps en temps ? Je sais que j'aurais adoré en avoir un en mai dernier pour les examens, alors que tout ce que voulait faire ce corps, c'était traîner à Sheep Meadow. Et pour esquiver

les brunches en famille gonflants au Cirque ? Ou avoir des mains supplémentaires pour s'occuper des œuvres de charité en notre nom ? Et ne dit-on pas que plus on est de fous, plus on rit ? Mais bon, plus de corps = moins de place sur ces plages surpeuplées des Hamptons. Peut-être que se débarrasser de ces usurpateurs n'est pas une si mauvaise idée, après tout. (Croyiez-vous vraiment que mon admission à l'université signifiait que j'avais oublié tout le vocabulaire de mes examens d'entrée ?)

Si vous vous contentez d'opiner à ma remarque sur les plages bondées, et que vous ne l'avez pas encore vécu personnellement, dites-vous que c'est une déclaration de service public : peu importe le nombre de personnes qui afflueront en troupeau dans les Hamptons cet été, c'est là et nulle part ailleurs qu'il faut être et être vu. Alors rangez votre ordinateur portable, attrapez votre sac de plage et mettez vos fesses dans le jet privé le plus proche ! Faute de mieux, la Hampton Jitney[1] fera l'affaire – il ne faudrait que quelques heures de plus en voiture, pare-chocs contre pare-chocs, dans les bouchons. Mais croyez-moi, cela vaudra le coup lorsque vous enfoncerez vos orteils dans le sable étincelant. Pour ce qu'elle rapporte, la gloire !

Comme vous serez complètement perdu sans moi, je vous ai fait un plan de tout ce que vous devez apporter…

LISTE DE BAGAGES POUR UN DÉPART PRÉCIPITÉ DANS LES HAMPTONS :

— Lunettes de soleil Chanel géantes ou lunettes aviateur démodées. Des lunettes d'imposteur, c'est un peu

---

1. Service de transport personnalisé entre New York et les Hamptons, proposant un vaste choix de voitures de luxe. *(N.d.T.)*

comme des tops imposteurs : à première vue, elles sont jolies, mais elles sont moches quand on les regarde de plus près.

— Crème solaire Clarins indice 30 avec crème hydratante. La tendance « bronzée-jusqu'à-être-toute-fripée » a disparu l'an dernier avec les espadrilles.

— Baume pour les lèvres Kiehl's indice 15 teinte baie. Ce n'est pas parce que vous évitez les marques de bronzage que vos lèvres doivent pour autant être nues.

— Un sac de plage monogrammé avec serviette assortie. Le genre d'équivalent griffé des badges nominatifs sur vos vêtements en camp de vacances. Si vous perdez une serviette, croisez les doigts pour qu'un beau gosse la trouve – puis *vous* trouve pour vous la rapporter.

— Eau Metromint aromatisée à la menthe. C'est désaltérant pour une journée chaude au soleil. De plus, ça rafraîchit votre haleine et vous rend d'autant plus embrassable. Miaou, miaou, miaou !

— Vos meilleurs amis. Vous aurez besoin de quelqu'un pour étaler du Coppertone sur votre dos, et nous savons tous que votre amour de vacances n'est pas vraiment une solution à long terme…

VOS E-MAILS :

À propos d'amours de vacances, il semblerait d'après vos e-mails que vous ayez tous de grosses peines de cœur. Laissez-moi vous donner un coup de main :

Q: Chère GG,
Je vis avec mon ex-petit ami/ami et voilà que j'ai l'intention de partir pour quelque temps. Cela n'a rien à voir avec lui – juste des vacances. Quel est le protocole ? Dois-je le lui annoncer ou le laisser deviner ?
— coloc en cavale

R: Cher(e) CEC,
ce n'est pas parce que tu sais comment ton coloc embrasse que tu as le droit de balancer le règlement de la maison par les fenêtres de ton appart de luxe. Laisse-moi te rappeler les règles de base :
1) La nourriture est en commun, sauf si les étiquettes annoncent le contraire. 2) Passe un coup de fil si tu ne rentres pas le soir – on s'inquiète ! Et 3) Si tu ne nous invites pas en vacances, le moins que tu puisses faire est de laisser un petit mot et un cadeau. (J'ai repéré le nouveau sac de plage Marc by Marc Jacobs, mais peut-être n'est-ce que moi ?) *Bon voyage*[*1] !
— GG

Q: Chère GG,
Je sais que mon ex habite dans la même rue que moi cet été, mais je n'arrive pas à trouver sa maison. Aide-moi !
— Traque dans le voisinage

R: Chère traqueuse,
Tu devrais peut-être t'inspirer de *Hansel et Gretel* et l'aider à trouver son chemin vers toi. S'il est comme tous les garçons que je connais, laisse traîner des vêtements dont tu ne veux plus, ça fera l'affaire !
— GG

ON A VU :

L'épouse d'un entraîneur de lacrosse tristement célèbre – appelons-la **B** – sortir d'un salon de tatouage à

---

1. Les mots en italique suivis d'un astérisque sont en français dans le texte. *(N.d.T.)*

Hampton Bays. Je me demande pour qui l'expérience a été plus douloureuse : pour elle ou pour l'artiste tatoueur qui a dû la voir les seins nus ? L'ancien fana de yoga, **D**, fumer clope sur clope devant le Strand. On dirait que son époque de postures « chiens à l'envers » est révolue. À condition, naturellement, que quelqu'un d'autre parvienne à le remettre en forme... Sa petite sœur **J** à Prague, croquer un garçon hyperadorable pendant qu'il dessinait le marché local – sympa de voir que voyager ne l'a pas changée ! Un certain Manhattanien qui trimballe un singe, **C**, faire le plein de crème autobronzante Fake Bake à Chocolate Mousse. Miam miam ! Les Hamptons vont-ils recevoir un autre visiteur ? **V**, acheter un bermuda et un T-shirt col bateau à rayures noires et blanches chez Club Monaco à Broadway. Comme c'est estival de sa part ! **S** et **O** partager des cocktails avec leurs sosies – ce serait bizarre, non, si toutes les quatre devenaient les meilleures amies ?!

OK, mes chéris, c'est tout pour aujourd'hui. J'ai une manucure-pédicure prévue cet après-midi et je n'arrive toujours pas à choisir entre rose pâle *Bikini with a Martini*, beige doré *Cabana Boy*, ou corail vif *Shop till I Drop*. Décisions, décisions. Au moins, je ne peux pas me tromper !

Vous m'adorez, ne dites pas le contraire,
gossip girl

o & s en costume d'ève

— Explique-moi encore, soupira Serena en feuilletant nonchalamment les pages brillantes du *Vogue* japonais du mois, affalée sur le lit plate-forme en chêne minimaliste. Que faisons-nous à l'intérieur par une telle journée?

En l'occurrence, il faisait 32 °C, il n'y avait pas un seul nuage et une très légère brise soufflait de l'océan. Serena leva les yeux de la photo en gros plan d'un top japonais très blond aux cils peints qui léchait une sucette rouge cerise. Elle voyait un coin d'ombre frais bien tentant sous les parasols en toile blanche qui longeaient la piscine. Aujourd'hui, c'était clairement le genre de journée à flemmarder, à moitié dans l'eau et à moitié hors de l'eau.

— Tu connais la réponse, la rembarra Olivia qui farfouillait, rageusement, dans l'armoire en noyer foncé où Annabella, la gouvernante de Bailey Winter, avait suspendu tous leurs vêtements sous housse. Je suis sûre que l'une de ces putains de nanas a piqué ma putain de robe bain de soleil Dolce. Celle avec les œillets. Elle est introuvable.

Elle se mit à arracher au hasard des robes de leurs cintres en bois et à les jeter par terre.

Il faut bien que les domestiques servent à quelque chose !

— Humm, murmura Serena.

Qu'Olivia pique une crise n'avait rien d'exceptionnel, mais Serena espérait plus ou moins qu'elle ramasserait ses vêtements. Or, depuis qu'elles étaient arrivées dans la propriété immense et moderniste de Bailey Winter, Olivia avait largement dépassé son quota de crises – même pour elle.

Et ce n'est pas peu dire.

Olivia était convaincue qu'Ibiza et Svetlana, les pétasses tops d'Eurotrash, lui voulaient du mal. Elle les accusait sans cesse d'avoir piqué ses vêtements ou utilisé sa crème hydratante La Mer indice 45 et insistait sur le fait qu'Ibiza, la brune, imitait le moindre de ses mouvements, de sa coiffure lui grignotant le menton à ses choix de garde-robe. Serena reconnaissait que les deux avaient une ressemblance fâcheuse avec Olivia et elle, mais ces filles lui paraissaient plutôt inoffensives. Elles étaient simplement rasoir, comme les imitatrices de troisième de Constance Billard.

L'imitation n'est-elle pas la forme de flatterie la plus sincère ?

— Et merde ! lança Serena en refermant le magazine et en le faisant tomber du lit. (Elle bâilla.) Je ne vais pas pourrir enfermée ici tout l'été sous prétexte qu'il vaut mieux que l'on évite des filles bizarres aux dents de lapin et qui louchent. Je vais nager.

— Mais je ne trouve pas mon nouveau cache-maillot Ashley Tyler à pois bleu marine ! geignit Olivia. À quoi bon être une muse si je ne suis pas habillée pour susciter l'inspiration ? Si cette Ibiza me l'a emprunté, je jure que je vais arracher ses bras dénutris !

C'est ce qui s'appelle parler comme une véritable muse.

— Allez, Olivia ! (Serena glissa une Gauloise d'un paquet tout fripé sur le lit bien fait à côté d'elle et l'alluma avec le briquet Dunhill en argent qu'elle avait piqué à son frère Erik. Son monogramme EvdW était gravé dessus.) Enfilons quelque chose et allons-y. Il fait trop beau dehors.

— Enfiler quelque chose ? Je n'ai aucune putain de fringue à me mettre à cause de ces putains de copieuses !

Olivia agita les mains en l'air, comme si les tas de vêtements en coton fin comme des mouchoirs en papier et en jolie soie lavée autour d'elle étaient invisibles.

— Alors tu n'as qu'à mettre quelque chose d'affreux et tu verras si elles te copient, suggéra Serena, exaspérée.

Elle adorait Olivia, vraiment, et elles étaient les meilleures amies du monde depuis toujours, mais parfois elle avait simplement envie de gifler ses petites fesses parfaitement musclées.

— En fait... (Olivia se jeta sur le lit et piqua la Gauloise des lèvres de son amie. Elle inspira un bon coup et plissa ses yeux bleus brillants d'un air pensif.) Cela me donne une idée.

— Quelle magnifique journée ! s'écria Olivia. (Elle ouvrit à la volée les portes-fenêtres en verre de la maison d'invités et sortit sous le soleil torride de l'après-midi, en étirant ses bras nus au-dessus de sa tête.) Viens Serena ! Allons prendre le soleil !

— J'arrive, j'arrive, gloussa Serena en sortant du bungalow ombragé en titubant, les pierres bleues réchauffées par le soleil lui brûlant la plante des pieds auxquels elle venait d'offrir une pédicure. Elle tenait son magazine roulé dans une main et une cigarette allumée dans l'autre, et ses lunettes de soleil Cutler and Gross à monture en écaille blanche recouvraient la plus grande partie de son visage. À part ça, elle était complètement, totalement, outrageusement nue.

— Nous devrions peut-être demander du café glacé à Stefan, suggéra Olivia en déposant son arrière-train nu sur une chaise en teck.

Ses seuls accessoires étaient un minuscule bracelet de cheville en or Me&Ro et des Ray-Ban noires trop grandes pour elle.

— Que ze basse-t-il? demanda Ibiza en extirpant ses quarante kilos de la piscine.

Elle était si émaciée que l'on aurait dit l'un de ces enfants du Tiers-Monde qui disent : « Envoyez de l'argent immédiatement » dans ces pubs TV, carrément trop habillée dans son affreux une-pièce ajouré à rayures lavande et or.

— Comment ça? fit Serena.

Elle jeta nonchalamment son magazine sur la chaise à côté d'Olivia.

— Vos vêtements, les accusa Svetlana, toujours dans l'eau, ses cheveux sans couleur et trop attaqués chimiquement collés à sa tête, tout emmêlés. Vous ne portez pas de vêtements!

— Ouh là là! soupira Olivia d'un ton théâtral avant de se retourner sur le ventre. (Le soleil torride était très agréable sur ses fesses nues.) Vous n'êtes pas au courant?

— Au courant de quoi? demanda Ibiza en lançant un regard furieux sur son corps nu et ferme.

— J'imagine que le dernier numéro du *Vogue* estonien ou quel que ce soit le magazine que vous lisez là-bas a oublié de parler de la nouvelle tendance du nu, bâilla Olivia. C'est la toute dernière mode.

Serena éteignit sa cigarette dans un gros coquillage sur une table en verre près sa chaise. Elle tâcha de ne pas regarder Olivia, histoire de réprimer le fou rire irrépressible et le grognement probable qu'elle produirait si jamais elle croisait son regard.

— La dernière mode, c'est d'être tout nu? s'enquit Svetlana en jetant un œil à son string-Bikini rikiki qu'elle avait probablement commandé par mail sur le catalogue de Victoria's Secret.

L'eau déformait l'aspect de son corps, de sorte qu'on aurait presque cru qu'elle avait des hanches et des courbes.

Juste une illusion d'optique.

— Oui, c'est évident, la réprimanda Ibiza, en descendant les bretelles de son maillot une pièce. (Son corps, avec ses marques de bronzage circulaires, ressemblait au tapis de sol d'un jeu de Twister.) Bien mieux comme ça. À l'européenne, vraiment.

— Mais faire du *topless*, c'est *fini*, fit Serena en bâillant exagérément et en baissant les yeux sur son magazine tout en essayant de ne pas éclater de rire. Olivia et moi avons fait du seins nus à la plage depuis que nous avons onze ans, au moins.

— Au moins, ajouta Olivia.

À plat ventre, elle posa la tête et ferma les yeux.

— Bien. (Ibiza mordit à l'hameçon. Elle sautilla sur une jambe puis sur l'autre, et ôta ce qui restait de son hideux maillot de bain. Il tomba par terre dans un claquement mouillé.) Bien sûr, je ne veux pas vous mettre mal à l'aise, non?

— Non, acquiesça Svetlana d'un ton piteux.

Elle se glissa hors de son pauvre Bikini à pois rouges

et le fit tomber au bord de la piscine, puis elle sauta dans l'eau et s'éloigna à la nage, gênée par son corps, tel un éclair de blancheur squelettique et sous-alimentée.

— Zuper que l'on puizze ze détendre, non ? fit Ibiza d'un ton confiant, mais l'air mal à l'aise d'être là, le corps-tapis-de-Twister complètement nu, comme si elle ne savait qu'en faire. Olivia constata que ses seins étaient complètement asymétriques, comme s'ils avaient été mal collés. Peut-être était-ce le cas.

— Avez-vous vu le beau gosse qui habite à côté ? demanda Ibiza dans une vague tentative de faire la conversation, toute nue. Elle secoua ses mains comme si elles brûlaient.

— Nous devrions *peut-être* demander du café glacé à Stefan, suggéra Serena, l'ignorant.

— Oui, ça m'a l'air très bien, acquiesça Ibiza avant de s'en aller lentement et délibérément vers la table ombragée de parasols. (Elle tira l'une des lourdes chaises en bois et se pelotonna dessus nonchalamment.) Je l'appelle. *Stefan ! Stefan !*

Serena retint son souffle, écouta les bruits de pas qui approchaient.

— *Maintenant*, siffla discrètement Olivia.

À ce signal, elles se levèrent d'un bond de leurs chaises longues et détalèrent en gloussant comme des hystériques vers la somptueuse pelouse veloutée, avant de disparaître dans un bouquet d'arbres touffus en lisière du grand jardin ensoleillé.

— Regarde ! Regarde !

Serena se tapit derrière les branches épaisses d'un petit chêne et désigna du doigt le spectacle qu'elles venaient de quitter : Stefan avait fait son apparition, comme on le lui avait demandé, vêtu de son ensemble habituel : T-shirt blanc moulant et short cargo. Il portait aussi un mignon petit bandeau en gros-grain qui dégageait ses épais cheveux châtains de ses yeux noisette, écarquillés, sous le choc. Ibiza était assise devant lui dans toute sa bizarrerie à pois pâles et bronzés. Elle avançait la poitrine, tâchant d'avoir l'air sexy, mais ses seins à la forme étrange pointaient dans des directions différentes. Svetlana avait justement choisi cet instant pour sortir enfin de la piscine, dégoulinante d'eau. Elle attrapa son iPod, mit le casque et commença à danser, balançant ses bras pâles et grêles. On aurait dit un flamant rose albinos. « Ratfucker ! » chantait-elle à tue-tête, sans comprendre les paroles du dernier morceau de Coldplay.

Serena et Olivia riaient si fort qu'elles faillirent se faire pipi dessus. Serena en proie à un fou rire idiot se sentait tout exaltée, presque comme si elle était redevenue une petite fille. Une vague très puissante de déjà-vu l'envahit, et elle fut transportée à un moment similaire à celui-ci, quelques années plus tôt, quand elles étaient bien plus jeunes. Olivia et elle changeaient leur une-pièce Lands'End derrière des framboisiers, chez elle à Ridgefield, au Connecticut. Nate menaçait de leur courir après, et elles riaient si fort qu'elles n'arrêtaient pas de se piquer et de passer leurs pieds dans les mauvais trous de leurs shorts en tissu éponge.

— Qu'est-ce que c'est que ce b... ?

Serena n'en croyait pas ses yeux. C'était presque comme si elle l'avait fait apparaître. Nate se tenait devant elles, sourcils froncés, et ôtait les épines des fesses de son short kaki après avoir sauté par-dessus la clôture en bois qui séparait les deux propriétés.

— Natie !

Serena courut vers lui et le prit dans ses bras, oubliant qu'elle était complètement nue. Il lui rendit son étreinte et tapota son épaule nue, mal à l'aise. Elle gloussa et partit rejoindre Olivia d'un bond, cachant ses parties intimes avec une branche touffue.

Olivia se fendit d'un sourire diabolique. Ça lui semblait quelque part si *normal* de tomber par hasard sur Nate, comme ça. Il y avait une espèce *d'évidence* dans le fait que tous trois se retrouvaient de nouveau, même si les deux-tiers ne portaient pas de vêtements.

— À poil, Nate! hurla Olivia en lui courant après comme si elle allait baisser son short cargo.

Il se cacha derrière un chêne.

— On se baigne à poil? demanda-t-il en matant depuis sa cachette, derrière le mince tronc d'arbre.

Serena sourit en regardant son vieil ami ou petit ami, ou quoi que fût Nate – elle ne le savait même pas. Cette expression confuse, ces yeux verts ensommeillés de défoncé – il n'avait pas du tout changé. Mais pour une fois, le jeune homme ne la regardait pas, il regardait *Olivia*, bouche bée.

— La nudité, c'est la nouvelle tenue à la mode, lui annonça Olivia d'un ton neutre. (Elle mit une main sur la courbe de sa hanche charnue.) Tu n'es pas au courant?

Olivia savait qu'il séjournait quelque part dans le coin, mais elle ne s'attendait pas à ce qu'il *la* trouve. Leur histoire avait tout le temps suivi le même schéma : elle lui courait après et essayait de le forcer à s'engager – elle avait plus ou moins voulu l'attacher à son lit avec des menottes et même pas pour faire des choses cochonnes, non, juste pour pouvoir le surveiller et s'assurer qu'il ne faisait rien d'idiot. Mais maintenant il était là et, à l'évidence, il était venu les chercher. Ou à en juger par la façon dont il la regardait, il était venu *la* chercher.

— À fond, confirma Serena en croisant les bras sur sa poitrine tachetée de soleil.

Le fait que Nate ne la regarde pas lui donnait l'impression d'être encore plus nue. Elle n'avait jamais réclamé son attention à cor et à cri, mais elle l'avait désirée. Elle l'avait toujours désirée. Juste à ce moment-là, Olivia la prit par le coude et l'entraîna vers la piscine de Bailey Winter.

— Attendez, où allez-vous? bafouilla Nate.

Olivia serra bien fort la main de son amie quand elles partirent en courant.

— Mate bien! lui cria Olivia lorsqu'elles remontèrent allégrement le chemin dallé qui menait à la porte grillagée. Et pense à nous ce soir!

Ne t'inquiète pas, il le fera.

newyork.craiglist.org/groups
Annonce de la réunion d'inauguration, Salon littéraire «Song of Myself», Manhattan.

Réjouissez-vous, vertueux manieurs de mots! Nous avons le plaisir de vous annoncer la création d'un nouveau groupe littéraire très sélect, dans la grande tradition des salons européens de Gertrude Stein et d'Edith Sitwell.

Nous sommes deux modestes serviteurs de l'écrit : l'un est un jeune poète et un compositeur de chansons à la réputation semi-internationale dont tout le monde fait l'éloge, l'autre un lecteur et un penseur qui adore Wilde et Proust par-dessus tout. Nous recherchons de jeunes hommes et femmes de même sensibilité qui aiment lire, écrire et en *parler*, et peut-être boire un petit chianti, par exemple. Réfléchissez aux questions/énoncés suivants. Nous étudierons votre réponse de très près, puis enverrons des invitations à notre réunion inaugurale à un groupe de New-Yorkais éclairés triés sur le volet.

    1. La poésie mérite un rôle plus central dans la culture actuelle. Il devrait exister une émission de télé-réalité du style *À la recherche du nouveau poète*. D'accord ou pas ?

    2. Quel est votre mot préféré ? Quel est le mot que vous détestez le plus ? Écrivez une phrase où vous emploierez les deux. Exemple : Grabuge, casse-croûte. « Assise au beau milieu du grabuge de cafards marron iridescents, Bonita mangeait un casse-croûte d'ailes de papillon. »

Les participants intéressés devront joindre leur photo. Nous voulons être sûrs que vous n'avez pas douze ans. Ou cent douze ans.

    En espérant avoir une conversation stimulante avec vous (apportez à boire !)

la grande échappée de n

— Te voilà !

Babs Michaels se tenait devant le comptoir en Formica bon marché de sa cuisine délabrée où elle disposait ingénieusement des tranches de cantaloup sur une assiette d'œufs brouillés et de tartines beurrées. Nate frotta ses yeux injectés de sang avec le revers de sa main et bâilla – l'espace d'une seconde, la vue d'une femme hyperbronzée qui préparait le petit déjeuner lui fit revivre un flash-back bizarre de son enfance. Il avait l'habitude de descendre, dans le brouillard, à la cuisine de sa maison de l'Upper East Side où il trouvait Cecille, la chef de cuisine barbadienne de ses parents, qui lui préparait des tartines de pain complet à la cannelle ou un bol de bouillie d'avoine irlandaise avant qu'il parte pour St. Jude.

Mais il n'était plus un enfant, il n'avait plus à aller en classe et Babs, dans sa robe pourpre clair fine comme un mouchoir, avec sa peau tendue et parcheminée, n'était assurément pas Cecille. De plus, il avait déjà mangé deux Pop-Tart glacées à la framboise chez lui à Georgica Pond.

— 'jour, murmura le jeune homme en observant

d'un air suspicieux Babs déposer l'assiette sur la table en chantonnant d'une voix rauque.

— Il te faut un bon petit déjeuner ce matin, n'est-ce pas, Nate? À force de transpirer et de te tuer à la tâche sous ce soleil brûlant…

Elle s'approcha de lui et posa sa main fraîche sur son biceps droit qui saillait sous son polo Ben Sherman bleu marine.

— Oui-oui.

Nate se détacha de son étreinte déterminée et s'assit à table. Il avait faim, certes, et l'assiette d'œufs brouillés et de tartines légèrement brunies était plus ou moins tentante, mais, même dans sa stupeur matinale, il voyait bien où cela allait le mener. Il commencerait à manger, Babs lui servirait du jus d'orange tout frais, lui demanderait encore d'appliquer de la pommade sur son tatouage, puis lui suggérerait de faire trempette avec elle dans le Jacuzzi dont le coach ne cessait de parler. Et avant qu'il ne s'en rende compte, elle le menotterait au lit et passerait les restes de tranches visqueuses de cantaloup sur son corps nu, quelque chose dans le genre.

Il paraît que, pour gagner le cœur d'un homme, il faut passer par son estomac.

À l'idée de se retrouver nu au lit avec Babs, Nate se sentit complètement nauséeux, mais il éprouvait un certain désir tout au fond de lui. Mais qui n'était clairement pas pour Babs qui virevoltait autour de lui en robe de Nylon pourpre à peine assez longue pour recouvrir son cul de cinquante ans moitié tonique, moitié flasque. Cela avait davantage à voir avec le souvenir d'Olivia, ne portant qu'un tout petit reflet de sueur et de lotion solaire, lui faisant un sourire coquin quand il l'avait trouvée la veille dans le jardin de son voisin gay de chez gay. Il l'avait vue nue à de nombreuses reprises, mais là en plein jour, ses épaules délicates un peu plus brunes que le reste de son corps, elle n'avait jamais été plus belle. Il avait remarqué la minuscule marque de naissance familière sur sa hanche et avait dû se faire violence pour ne pas la prendre dans ses bras et l'embrasser.

— Que se passe-t-il, chéri? demanda Babs en se mettant derrière sa chaise et en se penchant au-dessus de lui de sorte que ses seins bizarrement durs frottèrent plus ou moins le haut de son dos. Tu n'as pas faim ce matin?

Se levant de sa chaise d'un bond comme s'il s'était fait électrocuter, Nate parla plus fort qu'il n'en avait l'intention.

— Vous savez, je dois… euh… passer un coup de fil.

— Un coup de fil?

— Ouais. (Il rougit jusqu'aux oreilles.) C'est bon? Enfin, puis-je avoir votre permission? Je sais qu'officiellement je suis au boulot et…

— Tu n'as pas besoin de ma permission, murmura-t-elle. Il n'y a rien que je t'interdirais, Nate. *Rien*.

— Merci!

Il sortit de la cuisine en piquant pratiquement un sprint et gagna la véranda de derrière. Il fouilla dans la poche profonde de son short cargo d'où il sortit son Motorola Pebl. Il se mit à parcourir son répertoire et composa rapidement le numéro de la première entrée: Anthony Avuldsen, son coéquipier au lacrosse, qui l'avait déjà sauvé une fois cet été, quand il s'était retrouvé embrouillé dans une histoire compliquée avec une banlieusarde canon qui, en l'occurrence, lui avait créé plus de problèmes qu'elle ne le méritait.

N'est-ce pas ce qu'elles font toutes?

Nate était sur le point de raccrocher au bout de cinq

sonneries quand Anthony répondit avec un cri amical exagéré.

— Quoi de neuf?
— Mec, où es-tu?
— En route pour la plage, cria Anthony par-dessus la chaîne de la voiture où braillait « Back in Black » d'AC/DC à fond, si fort que son téléphone tremblait. Tu veux venir?

Nate contempla la petite piscine rectangulaire étincelante et la pelouse qui avait un peu trop poussé derrière elle. L'idée de tondre ce gazon lui donna envie de pleurer; l'idée de faire demi-tour, de rentrer dans cette maison et de se faire agresser par Babs lui donna envie de gerber.

C'est ce qui s'appelle être pris dans un dilemme.

— Venir, répéta lentement Nate. Ouais, faisons-le. Je suis chez le coach, à Hampton Bays. Tu passes me prendre?
— Te prendre? hurla Anthony. Cool, ouais, comme tu veux. Dans dix minutes.

Nate rangea le téléphone dans sa poche et inspira profondément, s'armant de courage.

— Tout va bien? s'enquit Babs en ouvrant la porte coulissante en verre de la véranda et en sortant en courant.

Sa robe pourpre qui s'était défaite pendouillait sur ses épaules comme une cape, révélant ses dessous en dentelle aux motifs d'animaux compliqués. Ils faisaient penser à Nate au genre de maillot de bain que sa grand-mère française, aujourd'hui décédée, portait lors d'un voyage en famille aux îles Turks et Caicos quand il était petit.

Comme c'est charmant!

— Je ne me sens pas si bien que ça, en fait.

Il ne mentait même pas, vu que l'idée de ce qui risquait d'arriver si jamais il ne partait pas d'ici lui donnait la nausée. Grimaçant de douleur – mais sans se forcer – Nate laissa échapper une toux pathétique.

— Mon pauvre, roucoula-t-elle en se servant d'une main pour attacher sa robe transparente. (Elle posa l'autre sur son front plissé.) Tu es un peu chaud, en effet.

L'instinct maternel et *Basic Instinct* – quel mélange détonant!

— Ouais, acquiesça-t-il en reculant. Je ne sais pas si je pourrai attaquer la pelouse aujourd'hui.

— Non, bien sûr que non. Tu devrais te déshabiller et aller te coucher. Je peux te faire une bonne tisa...

— Je ferais mieux d'y aller. (Nate interrompit le scénario quasi porno inquiétant que décrivait Babs. Il ne voulait pas troquer ses fantasmes à la Mrs Robinson contre un délire d'infirmière glauque.) En fait, je crois que l'on vient me chercher.

— Repose-toi et ne t'inquiète pas, roucoula Babs. Ne t'inquiète pas pour le travail! Je dirai au coach que tu avais besoin de repos. Il t'épuise.

— Merci Mme M.

Nate hocha la tête avec reconnaissance et sortit d'un bond de la véranda. Oubliant qu'il était censé être malade, il poussa un cri de joie quand il entendit un klaxon et vit la BMW noire d'Anthony tourner imprudemment dans l'allée du coach. *Sauvé.*

— Tu es sûr que tu n'es pas malade pour de vrai? demanda Anthony.

Il quitta momentanément la route des yeux pour examiner Nate, vautré sur le siège en cuir crème incliné, qui se protégeait les yeux du soleil vif avec la main.

— Non, mec, ça va, l'assura-t-il en tripotant les

fentes sur le tableau de bord pour diriger l'air frais de la clim directement sur son visage. Babs y allait, comment dire, un peu trop fort.

— Merde alors! rit Anthony en baissant la stéréo d'où sortait à fond le dernier album de Reigning Sound. Il faut absolument que tu me dises tout, bordel!

— Y a rien à savoir, marmonna Nate en souriant malgré lui. Crois-moi, ça te donnerait des cauchemars pour des putains de semaines.

Nate regarda par la vitre le paysage qui défilait : les champs d'herbe verte, le ciel bleu vif, les maisons à bardeaux immenses érodées par les intempéries, le tout mélangé – un flot d'images qu'il ne parvenait pas à séparer les unes des autres, de la même façon que l'été n'était rien d'autre qu'une succession de moments divers qu'il ne parvenait pas à fragmenter en événements distincts. Il soupira. Il y avait quelque chose d'incroyablement déprimant à s'apercevoir que les seuls moments mémorables de l'été avaient été une grosse fête en ville où sa copine l'avait plaqué et, hier, quand il avait trouvé Serena et Olivia en train de se baigner à poil, ou quoi qu'elles fassent d'autre.

— J'ai vu Olivia Waldorf et Serena van der Woodsen toutes nues hier, annonça-t-il brusquement en attrapant le joint qu'il avait préroulé et caché dans un paquet de Marlboro que quelqu'un avait laissé ce matin. Il baissa la vitre et l'alluma.

— Un truc à trois? demanda Anthony en faisant signe à Nate de lui donner une cigarette. T'es un putain de veinard!

Nate en sortit une en secouant le paquet.

— Nan, expliqua-t-il, bien qu'une image mentale extrêmement fascinante commençât à s'ébaucher dans sa tête.

Ah bon! vraiment?

— Elles se baignaient à poil dans la piscine de mon voisin, poursuivit-il en soufflant un nuage de fumée de marijuana par la vitre. C'était trop bizarre.

— Se baignaient à poil? répéta Anthony en allumant adroitement sa cigarette et en tournant en même temps à gauche. Merde alors!

— Olivia, man, elle est trop...

Nate se tut alors que l'image de la jeune fille, nue, légèrement en sueur et se moquant de lui, embua sa vision. Il voulait juste la tenir de nouveau dans ses bras.

— Je te comprends, mec, acquiesça Anthony en hochant vigoureusement la tête. Tu as, genre, un *truc*! Et c'est notre *dernier été*. C'est genre... *Carpe diem*, bordel, non?

— *Carpe diem*... médita Nate.

Profiter du moment présent. Il tira une autre longue taffe, avala et ferma les yeux. *Carpe diem*, bordel. Quelle idée. Elle était carrément... tentante. Il se tourna vers son copain et lui fit un sourire reconnaissant. C'était un génie.

Ou peut-être planait-il simplement?

— Sérieux, man, poursuivit Anthony en tenant le joint. Je te l'ai dit, non? C'est le moment de commencer sérieusement à prendre du bon temps.

Nate opina. Il *était* temps pour lui de commencer sérieusement à prendre du bon temps. Que Michaels le coach aille se faire foutre, que sa femme en chaleur aille se faire foutre, que la pelouse aille se faire foutre et ses responsabilités aussi! Il allait profiter du putain de moment présent!

Et peut-être de quelqu'un d'autre, aussi.

l'art perdu de la correspondance

De : Steve N. <holdencaufield1@yodel.com>
A : <anon-239894344239894344@craiglist.org>
Objet : Re : annonce réunion inaugurale,
Song of Myself, (Manhattan)
Date : 9 juillet, 16:37:07

À qui de droit :
c'est avec grand plaisir que j'ai lu votre annonce. Je meurs d'envie d'être entouré de personnes de la même sensibilité que moi, passionnément dévouées au pouvoir de l'écrit comme moi.

En pur iconoclaste, je refuse de répondre à vos questions. Je crains que vous ne soyez uniquement intéressés par des esprits indépendants qui ne soient pas disposés à se soumettre à vos requêtes idiotes. Soyez assurés que je vis du livre et que je mourrai du livre.

Bien à vous,
Steve

De : Cassady Byrd brontebyrd@books.com>
A : <anon-239894344239894344@craiglist.org>
Objet : Re : annonce réunion inaugurale, Song of Myself (Manhattan)
Date : 9 juillet, 20:04:39

Je n'arrivais pas à y croire quand j'ai vu votre post. Bien vu, bande d'enfoirés ! J'ai vraiment hâte que l'on se retrouve et que l'on parle… voire plus !!!!

Mon verbe préf' c'est « aimer ». Celui que j'm le moins, c'est « détester. » Vous allez détester l'amour que vous éprouverez pour moi ! Burp !

Vous trouverez ma foto en P.J.

xoxo

CB (alias Charlotte Bronté)

De : Bosie <lord_alfreddouglas@earthlink.com>
A : <anon-239894344239894344@craiglist.org>
Objet : Re : annonce réunion inaugurale, Song of Myself, (Manhattan)
date : 9 juillet, 22:31:14

Ai vu votre pub. Violemment intrigué.

Mes livres préférés : *Le Portrait de Dorian Gray*, Oscar Wilde.

Entretien avec un vampire, Anne Rice.

Film préféré : *Party Monster* avec Macaulay Culkin.

Chanson préférée : *Walk on the Wild Side*, Lou Reed.

Mot préféré : mordre.
Mot que j'aime le moins : étrangler.
Je l'ai mordu et étranglé.

Comme vous pouvez le voir sur ma photo, je suis un garçon qui aime se déguiser.

*en matière de hamptons,
v est complètement vierge*

— Nous y voilà ! annonça Mme Morgan en garant sa Mercedes crème dans une allée circulaire de coquillages écrasés rose clair.

Enfin ! Après quatre heures éreintantes à rester coincés dans les embouteillages sur Long Island Expressway, ils étaient enfin arrivés devant l'hôtel particulier d'Amagansett, style néo-victorien aux bardeaux gris des Morgan-Grossman. Vanessa, impatiente, descendit de la voiture et sentit le crissement inconnu des coquillages sous ses pieds. Le ciel devenait rose cendré coucher de soleil, et il flottait une odeur de barbecue lointain et d'herbe fraîchement coupée. Elle sentit une soudaine vague de soulagement l'envahir – quitter la ville était peut-être précisément ce qu'il lui fallait.

Mme Morgan passa devant elle et poussa la lourde porte rouge d'époque. Les garçons entrèrent à toute vitesse, en bousculant Vanessa qui souriait bêtement à rien en particulier. Non pas qu'elle se préoccupât de ce genre de choses, ou qu'elle les remarquât habituellement, mais elle ne pouvait s'empêcher de rester bouche bée devant tout cela. Les immenses fenêtres qui encadraient l'entrée principale. Les coffres chic à rayures nautiques bleu marine et blanches remplis de provisions pour la plage, juste derrière la porte d'entrée. Le séjour spacieux qui s'étalait devant elle. La piscine turquoise accueillante juste derrière. Cela lui ressemblait si peu – mais bon, tout ce qui lui ressemblait avait franchement craint ces derniers temps. Peut-être devrait-elle embrasser la vie facile et ensoleillée qui lui tendait les bras ? Peut-être que toutes ses pensées sombres ne servaient à rien ?

Vanessa suivit les garçons dans la grande cuisine, où Mme Morgan consultait les mots que la domestique, le jardinier et le garçon de piscine lui avaient laissés. Tout était si… soigné. Vanessa imaginait très bien les chaudes journées d'été qui l'attendaient ! Lire le *New Yorker* au bord de la piscine en s'arrêtant de temps à autre pour photographier sa surface étincelante en noir et blanc. Elle courrait à l'intérieur pour se préparer un sandwich au gouda fumé dans la cuisine bien achalandée et le mangerait tout en se baladant dans la propriété bien entretenue, appréciant la paix et le silence.

Home, sweet home.

— Mammmmmmmaaaaaan, on a faaaaaaaaaaim, geignit Edgar, tirant Vanessa de sa rêverie.

Ah oui ! *eux*.

— Vanessa va vous préparer quelque chose, sourit Mme Morgan en lui tapotant la tête sans même prendre la peine de jeter un coup d'œil à la jeune fille.

— Oui, bien sûr.

Vanessa déposa son sac marin noir sur le sol de bois blond ciré et ouvrit le lourd Frigidaire nickel en acier. Il contenait des tas de produits frais, des barquettes de salade d'orzo[1], des filets de saumon au curry garnis de

---

1. Petites pâtes grecques en forme de grains de riz. *(N.d.T.)*

raisins de Corinthe. Où étaient donc les restes de nuggets de poulet froids ou, au minimum, le sandwich au beurre de cacahouète et à la gelée ?

Derrière elle, Edgar et Nils commencèrent un match de catch à même le sol. En temps normal, Vanessa les laissait faire, dans l'espoir qu'ils se fatiguent comme les chiots qu'elle avait filmés à la course de chiens d'Union Square. Elle espérait immortaliser une bagarre de clebs ou voir l'un de ces faucons mangeurs de rats que la ville avait relâchés descendre en piqué pour attraper un chihuahua, mais elle dut se rabattre sur des jeux de puggles. Elle imaginait qu'en fin de compte les garçons finiraient par se laisser tomber sur le dos comme les chiens, langues pendantes, à bout de souffle.

— Les garçons ! aboya Mme Morgan avant de défroisser son pantalon kaki à pinces. (Son pull ivoire sans manches était bordé d'une large ceinture en satin à nœud marron. En regardant son visage bizarrement tendu et ses pommettes saillantes, il était difficile de dire si elle avait trente-deux ans ou cinquante-cinq.) Vous pouvez monter vous préparer pour le dîner !

Elle se tourna vers Vanessa, les talons de bois de ses sandales compensées tressées claquant sur le sol.

— Vanessa, nous prendrons les filets de saumon, et si vous pouviez rassembler quelques feuilles de salade fraîche, et peut-être préparer une sauce au yaourt à l'aneth pour le poisson ? Ce serait adorable.

Attendez. Préparer une *sauce* ? Pour qui prenait-elle Vanessa ? Pour... pour...

La *bonne* ? Bon, très bien. Sauf qu'elle n'avait jamais rien cuisiné de sa vie, hormis des ziti[1] bouillis avec de la sauce Ragu en boîte.

1. Gros macaronis. *(N.d.T.)*

« Tu vas y arriver », se dit Vanessa en cherchant l'aneth dans le tiroir à épices. À l'étage, elle entendait les garçons faire des bruits d'explosion puis hurler. Elle se retourna pour tâter un tas d'herbes vertes – était-ce de l'aneth ? de la coriandre ? de la putain de mauvaise herbe ? – lorsqu'elle se retrouva nez à nez avec une vision d'horreur.

Le cul pâle, maigre et ridé de Mme Morgan. Oh ! mon Dieu ! Vanessa s'empressa de détourner le regard. Même avec l'air réfrigéré qui lui soufflait au visage, elle sentit ses joues la brûler. Elle s'éclaircit bruyamment la gorge – Mme Morgan avait-elle oublié qu'elle était là ou quoi ? – et se retourna, levant les herbes juste devant son visage.

Vanessa jeta un œil derrière les légumes verts pour constater que son employeur, les poings sur les hanches, restait plantée là, avec ses sandales tressées en bois, un simple string rouge cerise et un soutien-gorge en dentelle noire.

— Quelque chose ne va pas ? demanda-t-elle.

— Hum, non, bien sûr que non, répondit Vanessa en entreprenant un examen soudain de ses cuticules, ce qui n'était pas du tout son genre. Ses mains étaient rêches, en effet ! Mais elle ne put s'empêcher de jeter un regard de biais alors que Mme Morgan, femme libérée du XXIe siècle, dégrafait son soutien-gorge et le laissait tomber, on ne peut plus nonchalamment, sur le bras d'un fauteuil de cuisine.

Vanessa se força à regarder sa patronne dans les yeux.

— Hum, pourriez-vous m'excuser une seconde ? J'aimerais monter mes affaires dans ma chambre.

Il *fallait* qu'elle sorte d'ici.

— En haut du troisième escalier.

Mme Morgan se mit à fouiller dans son cabas en

toile monogrammée, probablement pour trouver quelque chose à se mettre.

Espérons-le !

Vanessa jeta son sac marin de surplus militaire sur son épaule et monta les marches du large escalier de bois, deux à deux. Elle tâcha de chasser l'image du string de sa patronne de son esprit. Qui portait encore des strings, hormis des ados de treize ans trop zélées qui aimaient les faire dépasser de leurs jeans taille basse ?

Très passé de mode.

Et les barrières, alors ? C'était comme si Vanessa était le chat de la famille et non un être humain. Il fallait qu'elle retourne dans le vrai monde, avec des gens qui la respectaient et ne la considéraient pas comme un meuble. Elle se trouvait dans les Hamptons paradisiaques depuis quinze minutes à peine et, déjà, elle était prête à repartir.

Parvenue à la troisième volée de marches, elle grimpa vers sa suite dans le grenier. Au moins, elle aurait un peu d'intimité et peut-être un peu de luxe, là-haut, non ? Elle arriva à la dernière marche et jeta un œil alentour, cherchant une porte qu'elle pourrait fermer. Mais non, l'escalier menait tout droit au grenier, où le toit en pente descendait si bas qu'elle dut se baisser pour entrer. Bordel de merde !

Respirant avec effort pour essayer de se calmer, elle se dirigea en plein milieu de la pièce chaude et étouffante – le seul chemin possible qu'elle pouvait prendre sans devoir se baisser. Elle fit tomber son sac à terre et tâcha d'ouvrir la seule petite fenêtre. Coincée. Plus que coincée. *Fermée avec de la peinture.* Merde, merde, merde.

Vanessa ôta son T-shirt noir délavé brusquement trempé de sueur et dézippa son sac marin. Elle mit de côté sa tondeuse à cheveux et son maillot de bain une pièce à rayures jaunes et noires de bourdon qu'elle avait piqué dans le tiroir à sous-vêtements de Jenny et chercha son pull sans manches noir en coton à côtes.

— Super, vous avez trouvé.

Elle se retourna pour voir Mme Morgan, qui, heureusement, portait une robe bain de soleil blanche, en haut des marches du grenier. Bien, elle était habillée. Vanessa, malheureusement, ne l'était plus.

Ce n'était pas tout à fait l'été torride qu'elle avait en tête.

```
Air Mail. Par Avion. 10 juillet.
Salut Dan !
Comment ça se passe en ville ? J'adooooore
Prague. Je passe mes après-midi à la terrasse
de petits cafés à faire semblant de dessi-
ner, mais en réalité je mate tous les beaux
Européens - enfin, toutes les vues européen-
nes. (Il n'y a pas de mal à regarder, pas
vrai ?) Les seules personnes qui me manquent
vraiment sont papa et toi. Réponds-moi s'il te
plaît. Ne t'inquiète pas, tu n'es pas obligé
envoyer un roman ; juste quelques lignes. Te
connaissant, tu m'enverras probablement un
haïku.
Je t'aime !
Jenny
```

lire est essentiel

Dévalant deux à deux les marches branlantes du Strand, Dan descendit de l'étage principal à la salle des employés au sous-sol en moins de trente secondes – un record pour lui. Il déprimait depuis la veille au soir, quand il était rentré chez lui après avoir lu les e-mails des membres du salon avec Greg, puis avait découvert un Post-it jaune sur le réfrigérateur adressé à Rufus et lui. Il était rédigé avec l'écriture bizarrement masculine de Vanessa. « Partie bosser dans les Hamptons. Vous enverrai les détails par mail. Ai laissé un demi-sandwich à la dinde au frigo. V. » Dan avait ouvert le frigo pour trouver le sandwich et un autre Post-it collé dessus. Il disait simplement : « Mangez-moi. » Il n'arrivait pas à croire qu'elle était simplement… partie.

Il s'était attelé à la tâche avec enthousiasme toute la journée pour essayer de ne plus penser à elle, ce qui, d'un seul coup, avait carrément payé vu qu'il s'était retrouvé en train de ranger les vieilles biographies en rayons. Son sentiment de vide s'était instantanément empli d'excitation. Et il *devait* la partager avec quelqu'un.

Dan poussa la porte marquée PRIVÉ avec l'épaule, hurlant à pleins poumons : « Greg ? Tu es là ? »

Il était naturellement inutile de crier dans la mesure

où la pièce devait faire à peu près la superficie d'un ascenseur. Greg fouillait dans son casier merdique.

— Que se passe-t-il ? demanda-t-il, l'air très surpris mais tout sourires. (Il remonta ses lunettes en écaille de tortue sur son long nez mince. Il claqua la porte du casier couleur vomi.) Que se passe-t-il ? J'ai fini ma journée, je me casse.

— Tu ne croiras jamais ce que j'ai trouvé ! (Dan brandit un minuscule livre relié usé couleur chocolat.) Dès que je l'ai vu, je l'ai pris sur l'étagère et je me suis précipité ici.

Officiellement, les employés n'étaient pas censés quitter l'étage quand ils travaillaient – il n'existait même pas de clause « uniquement en cas d'urgence » – mais Dan avait toujours vécu selon la règle que les règles étaient faites pour être transgressées.

— Qu'est-ce que c'est ? demanda Greg, tout excité, en enjambant le banc de bois bas vissé au sol.

— Ta-da ! fit Dan en agitant le livre au-dessus de sa tête. Devine, d'abord. Allez, devine, s'il te plaît !

— Je ne peux pas ! répondit Greg en tendant la main, taquin, et en essayant de lui arracher le livre des mains.

— Non, non !

Dan cacha le volume derrière son dos.

Greg passa la main derrière lui, tâchant toujours d'attraper le livre.

— Fais-moi voir, allez !

Dan tint l'ouvrage devant lui et le retourna dans sa paume.

— Je tiens dans ma main un chef-d'œuvre épuisé… de l'un des romanciers américains les plus importants du milieu du siècle… publié par une maison d'édition majeure de San Francisco… en 1952…

— Tais-toi!... (Greg s'assit sur le banc, comme s'il allait s'évanouir)

— Je suis sérieux, confirma Dan. *The Poet's Wake*! Par ce putain de Sherman Anderson de putain d'Hartman!

— C'est genre le Saint-Graal, quelque chose comme ça, non? marmonna Greg, émerveillé. Puis-je le voir? demanda-t-il, la voix tremblante.

— Fais très attention. Certaines pages sont mangées par les mites, ce qui est vraiment tragique, mais j'imagine que nous n'avons pas à nous plaindre, c'est vrai, c'est tellement dur d'en trouver un exemplaire! Il paraît que des gens en dénichent dans de vieilles librairies pourries des villes universitaires du Midwest, mais ici à New York? Quelles chances y a-t-il?

Greg mit ses mains sur celles de Dan, enveloppant ses doigts et le livre dans son étreinte.

Hé, accapareur!

— En fait, j'ai une meilleure idée, Dan, murmura Greg d'un ton sérieux en arquant ses fins sourcils blonds. Pourquoi ne m'en lirais-tu pas un passage?

Dan haussa les épaules. Il lisait très bien. Il était supposé ranger des livres à l'étage, mais personne ne descendait jamais dans la salle réservée aux employés – il pouvait bien se permettre de prendre quelques minutes. De plus, certaines choses étaient plus importantes que le boulot.

Il s'éclaircit la gorge, feuilleta le livre jusqu'à une page au hasard et commença sa lecture :

« *Emily arriva peu après minuit. Elle avait pris le train. Elle était comme il l'avait toujours imaginée, dans ses rêves nocturnes enfiévrés, quand il reposait son stylo et repoussait sa feuille sur son bureau, incapable d'écrire, incapable de se concentrer, incapable de penser à autre chose qu'à son cou gracieux, à la courbe de sa hanche. Elle incarnait l'idée même de la femme, et n'était-ce pas mieux, se demanda-t-il, que la réalité de la situation? Les idées n'étaient-elles pas, quand tout est dit et fait, tellement supérieures à la réalité?* »

Dan resta debout, en silence, tenant délicatement le volume tout abîmé avec révérence, et Greg resta assis à le fixer, comme l'on contemplerait un vitrail compliqué ou quelqu'un qui se déshabille de la fenêtre de son appartement.

— C'est un crime, murmura Dan d'un ton sinistre. Comment cet ouvrage peut-il être épuisé?

— C'est un crime, acquiesça Greg. (Il se leva et posa les mains sur le livre. Dan regarda ses yeux verts brillants écarquillés derrière les verres de ses grosses lunettes.) Dieu merci, il y a des gens comme nous pour faire vivre ce genre de choses.

— Tu as raison, acquiesça Dan, solennel.

— Dan, murmura Greg d'une voix rauque. Je suis vraiment content que nous nous soyons rencontrés.

— Moi aussi, en convint Dan en consultant de nouveau sa montre – il ne voulait pas s'absenter trop longtemps de son travail mais, avant qu'il ne puisse même voir ce que lui disaient les chiffres sur sa montre-calculatrice Casio, il sentit les longs bras de Greg s'enrouler autour de lui.

— C'est de si bon augure pour notre première réunion de demain! (Le souffle chaud de Greg chatouilla le cou de Dan quand il l'étreignit.) Nous avons tant de choses à dire.

— Ou-ou-ouais, bafouilla Dan. (Waouh, Greg était

plutôt crétin dans son genre, mais il appréciait sincèrement la coolitude de ce livre.) Hé, et si tu me le gardais ? suggéra-t-il en le lui tendant.

Greg le serra de nouveau, encore plus fort cette fois.

— Waouh, haleta-t-il. Je suis comblé.

Dan lui adressa un grand sourire et remonta à l'étage. Pourquoi fallait-il toujours qu'il attire les crétins ?

Hum, peut-être parce qu'il était un peu crétin sur les bords, lui aussi ?

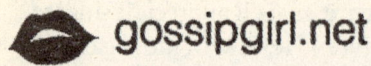 **gossipgirl.net**

thèmes ◀précédent suivant▶ envoyer une question répondre

Avertissement : tous les noms de lieux, personnes et événements ont été modifiés ou abrégés afin de protéger les innocents. En l'occurrence, moi.

Salut à tous !

C'est toujours lorsque l'on pense qu'il ne peut pas faire plus chaud que le thermomètre grimpe encore de dix degrés. Ou peut-être est-ce simplement mon ordinateur – il est en quasi-surchauffe à cause de vos e-mails bouillants ! Il semblerait que tout le monde réagisse aux températures en se débarrassant de ses fringues, en faisant trempette et en… se donnant en spectacle à tout le voisinage !
Damnation, mais qu'est-ce que je raconte ? Tout le monde sait que, dans les Hamptons, on ne peut pas faire un pas sans tomber sur quelqu'un que l'on connaît – comme si c'était différent à Manhattan ?! Pourtant, ici, nous avons des *jardins* et des *clôtures*. Fou, comme concept non ? Plusieurs rangées de haies qui séparent les fabuleux et les sublimes des fabuleux et des sublimes. Il paraît que les bonnes clôtures font les bons voisins, nous devrions donc rester chez nous, j'imagine. Mais si votre voisin est un beau gosse et occasionnellement nu ? Tout cela est purement hypothétique, bien sûr… je ne connais personne qui se baigne à poil dans sa piscine et qui invite ensuite ses voisins chez lui. Mais il paraît que **O** et **S** le font, et vous savez que ces deux-là ont le don de toujours lancer de nouvelles ten-

dances. Vous avez été les premiers à l'apprendre ici : il est temps de faire tomber ces barrières, tout le monde. Aux chiottes, les clôtures ! Les bonnes fiestas font les bons voisins !

Alors, *hello* beaux voisins, venez donc me trouver ! Je suis allongée au bord de ma piscine et je profite de mon air conditionné à moi : alcool et étudiants. Bouh, rien qu'une journée comme les autres au bureau.

VOS E-MAILS :

Q: Chère GG,
Je sais que je devrais être à la plage avec le reste de la société civilisée, mais me voilà malheureusement coincée en ville pour des cours d'été. Qui savait qu'ils prenaient tellement au sérieux cette politique d'assiduité ? Enfin bref, je crève ici, il fait trop chaud ! Aide-moi !
— J'étouffe de chaleur en ville.

R: Chère JEDCEV,
Ma pauvre ! Tu pourrais te servir de ton sosie en ce moment, justement ! Mais si cela n'est pas envisageable, voici quelques petits trucs rapides pour ne pas crever de chaud en ville :
1) Trouve la piscine sur le toit la plus proche de chez toi. Si tu n'as pas d'amie qui en a une – ou si elle est en vacances elle aussi – essaie SoHo House ou le Gansevoort Hotel. Si tu n'en peux vraiment plus, achète-toi une piscine d'enfant, monte-la sur ton toit et n'oublie pas les centaines de bouteilles d'Evian. Voilà ce que j'appelle une soirée très privée !

2) La clim chez Barneys est à tomber. On ne peut pas dire que le soleil brille, d'accord, mais si tu essaies des Bikini, cela revient *presque* à être à la plage !

3) Trois mots ! : Tasti-D-Lite[1]. (ou est-ce un mot à trait d'union et donc deux mots ?) D'accord, le Tasti-D, c'était il y a cinq ans, mais tu sais que tu veux quelque chose de frais et de sucré. Et si vraiment tu ne vas pas à la plage cet été, fais-moi le plaisir d'oublier les calories et avale la glace italienne aux noisettes de Cones. Miam.

4) Tu as bien dit que tu prenais des cours d'été, pas vrai ? Hum, euh, n'y a-t-il pas la clim dans ton université d'été ? Si tu ne connais pas la réponse, tu ferais mieux de revoir la politique d'assiduité, non ?

— GG

SERVIETTES DE PLAGE : LA RÉGLEMENTATION DE BASE

Pour vous, heureux veinards qui prenez le frais à la plage, ne vous inquiétez pas, je ne vous ai pas non plus oubliés. La chose la plus importante dont vous devez vous souvenir cet été – et cela est pour votre bien, comme pour celui des autres – c'est que lorsque les New-Yorkais transportent leur scène sociale des bars chic de Manhattan aux plages de sable des Hamptons, ils transportent aussi leurs règles sociales. Après tout, nous devons faire régner un *semblant* d'ordre. Pour ceux et celles qui ne sont pas au parfum, les règles tacites des convenances à la plage auxquelles vous devez absolument obéir, sont les suivantes :

1) Portez de grosses lunettes de soleil si vous comptez mater. Et vous savez que vous allez le faire.

---

1. Dessert glacé sans calories. *(N.d.T.)*

2) Laissez au minimum un mètre entre votre serviette et celle de votre voisin – c'est le minimum vital, uniquement dans les situations extrêmes. Si vous trouvez nul d'être serrés comme des sardines dans le métro aux heures de pointe, imaginez-vous vivre cela pendant quatre heures, presque nus ! Nul n'a besoin d'une telle proximité et d'une telle intimité.

3) Je me fiche bien que vous soyez Ricky Martin – pas de Speedo, s'il vous plaît ! En fait, *surtout* si vous êtes Ricky Martin ! Beuh !

4) *Idem* pour les quantités effrayantes de poils sur la poitrine ou dans le dos. Épilez-vous, camouflez-les ou restez chez vous ! C'est aussi simple que cela, *gorilla boys* !

5) Quand vous appliquez de la lotion solaire à un ami ou à un être cher, ne soyez pas d'humeur trop folâtre ! Nous avons tous vu des filles faire des trucs entre filles dans des bars pour attirer l'attention, et nous avons tous vu des couples faire des choses dans des coins sombres, et ces deux comportements sont *encore plus vulgaires* en plein jour. Croyez-moi, il existe d'autres moyens d'attirer l'attention sur vous. Je sais de quoi je parle.

QUELQUES QUESTIONS BRÛLANTES

Faire marcher l'usine à ragots ne consiste pas à aller de soirée en soirée et à boire des piña coladas, voyez-vous – c'est un boulot vingt-quatre heures sur vingt-quatre. Bon d'accord, il y a beaucoup de soirées et de piña coladas. Peut-être que je ne sauve pas de vies aux urgences, mais je sauve vos vies sociales, les amis, et c'est tout aussi important. Pour les incrédules, voici quelques questions qui me font veiller très tard – quand je n'ai pas de soirée, ça va sans dire :

Est-ce possible que **N** ait craqué pour cette vieille ? On l'a vu dire au revoir de la main à une femme d'âge mûr à peine vêtue à Hampton Bays. *Interesante !* À ce que je sais, ce ne serait pas la première fois. Est-ce aussi possible que **O** et **S** explorent leur côté saphique – une fois de plus ? Apparemment, elles ont entrepris de se baigner à poil et de partager le même lit. Peut-être ont-elles enfin officialisé les choses ? **V** sera-t-elle jalouse ? Je me suis toujours interrogée sur elle et sur sa coupe tondeuse superbien entretenue. À propos, on a vu Mlle **V** prendre un bain en fin de soirée hier, dans ce maillot de gamine moins que flatteur. Surveillez le maillot de bain bourdon-en-vacances, il ne va pas tarder à faire son apparition sur une plage, tout près de vous. Et il y a **D**…

Je ne peux pas vous dire combien vous avez été nombreux à m'envoyer un e-mail sur le salon littéraire de demain soir. Si je n'y vais pas ? J'ai toujours pensé que lire Proust dans le noir, c'était pour les binoclards pâles et maigrichons, mais, d'après vos e-mails, certains rats de bibliothèque canon seraient de sortie et ils recherchent l'amour… et si c'était le Grand Rassemblement des crétins ? Ce n'est pas parce que je ne serai pas là que je ne vais pas vous donner de coup de main. Voyez comme je suis généreuse. Voici donc, à la demande générale :

USAGES À RESPECTER LORS D'UN SALON LITTÉRAIRE, CE QU'IL FAUT FAIRE OU NE PAS FAIRE :

FAIRE : le prononcer correctement : « saaaah-lon », pas l'endroit du coin de la rue où toutes les femmes ont de longs ongles rouges et où vous vous faites couper les cheveux.

FAIRE : apporter quelque chose de fort et d'intéressant à boire, à savoir du Pernod, de la chartreuse, ou de l'ouzo. Laissez la Bud à la maison, merci.

FAIRE : hocher la tête à ce que tout le monde dit, même si vous êtes trop occupé à mater le crétin de poète trop beau gosse à l'autre bout de la salle pour écouter.

NE PAS FAIRE : rester complètement silencieux. Nous ne sommes pas à l'école – il n'y a pas de mauvaises réponses – alors inventez quelque chose qui impressionnera tout le monde. Ou dites quelque chose dans une autre langue. Ça marche toujours.

NE PAS FAIRE : rester inflexible. Si des membres vous demandent d'essayer quelque chose de nouveau, n'oubliez pas : les vrais artistes sont toujours prêts à faire des expériences.

NE PAS FAIRE : être étonné si l'ambiance devient torride. Les émotions peuvent s'exacerber entre deux strophes.

Bon, les enfants, amusez-vous bien avec vos livres – et faites-moi savoir comment ça se passe. Vous savez que je suis curieuse, et vous savez ce que l'on dit à propos des crétins ? Ce sont des tarés – au lit ! Salut à vous !

Vous m'adorez, ne dites pas le contraire,
gossip girl

j'imagine que v n'est plus au kansas

— Vite, vite ! Vanessa, dépêche-toi !

Les jumeaux turbulents de quatre ans faisaient des bonds devant elle, une masse confuse de coudes, de cheveux frisés et de maillots de bain Brooks Brothers parsemés de minuscules voiliers – Nils en rouge, Edgar en bleu. Ils couraient le long du chemin boisé qui menait à la plage, projetant du sable partout en l'air.

— Moins vite !

Vanessa replaça l'immense fourre-tout monogrammé en toile rose et vert pomme, rempli de palmes et de masques, de serviettes de plage Pratesi enroulées, de cinq sortes d'huiles solaires, de livres d'activité Bob le Bricoleur, de boîtes de jus de fruits, de snacks et de seaux et de pelles en plastique, d'un Frisbee, d'un ballon de foot et de deux iPod vidéo contenant les émissions *Baby Einstein*. Dans l'autre main, elle portait un immense parasol Smith & Hawken rayé crème et bleu marine – Mme Morgan avait insisté pour qu'elle l'emporte.

— J'ai dit « Moins vite ! » cria-t-elle de nouveau alors que le duo agité disparaissait derrière la dune devant eux. Elle était à deux doigts de hurler à s'en arracher les poumons, en sueur, lorsqu'elle décida de s'en moquer.

Tant pis. Continuez. Noyez-vous. Faites-vous enlever. Tant pis ! Ce serait une bénédiction. La vérité, c'était que les jumeaux connaissaient aussi bien la plage que leur terrain de jeux habituel de Central Park. C'était elle qui était perdue.

Quand elle parvint enfin au sommet de la dune, elle passa la scène en revue : Nils et Edgar avaient disparu dans le maquis de corps qui surpeuplaient la plage, laquelle ne semblait plus avoir un seul grain de sable disponible. Trébuchant dans ses All Stars noires – elle avait ôté les lacets en supposant à tort qu'elles seraient aussi confortables que des tongs – Vanessa se fraya un chemin à travers le dédale de serviettes, de chaises pliantes, de filles d'une vingtaine d'années, blondes et bronzées, avec les gosses pâles qu'elles devaient, à l'évidence, garder. Elle avait épuisé ce qui lui restait de muscles lorsqu'elle tomba par hasard sur un morceau de plage d'un mètre carré. *Dieu merci !* Elle fit tomber son sac bourré à craquer et son lourd parasol en toile sur le sable brûlant avant de s'affaler pesamment.

« Juste une charmante journée à la plage », marmonna-t-elle intérieurement, imitant à la perfection l'accent suave de Mme Morgan, tout en cherchant une couverture dans le panier, qu'elle étala devant elle à contrecœur sans même prendre la peine de se lever. Le sac était tombé sur le côté, mais Vanessa ne daigna pas ramasser son contenu ni le ranger. *Idiote, idiote, idiote,* se gronda-t-elle en réalisant qu'elle avait oublié d'apporter quelque chose à faire pour elle. Que ne donnerait-elle pas pour rentrer à Manhattan, s'asseoir dans la pénombre fraîche du Film Forum et regarder le dernier film de Todd Solondz ! Mais elle était assise dans le sable, sous un soleil brûlant, sans rien d'autre à faire à part ôter les crottes de nez séchées et tenaces des minuscules narines des jumeaux ou lire le dernier numéro de *Highlights*.

Lire les étiquettes sur le flacon de crème solaire serait bien plus drôle, en fait.

Vanessa passa la plage en revue, cherchant à repérer les maillots de bain bleu et rouge des garçons. Quelques nounous courageuses barbotaient dans l'Atlantique glacial avec les enfants qu'elles gardaient, en serrant les fesses mais en riant. Elle vit deux petits garçons aux maillots identiques à ceux de Nils et Edgar et se demanda momentanément si quelqu'un chez les Morgan-Grossman s'en rendrait même compte si elle les ramenait à la maison à leur place.

Voilà moins d'une journée qu'elle était arrivée dans les Hamptons, mais cela suffisait pour annoncer à Mme Morgan que les garçons l'intéressaient encore moins que d'habitude, et que la surveillance quotidienne qu'exerçait M. James Morgan se résumait, en gros, à un coup de fil unique. On aurait dit qu'ils étaient tous un tas de robots programmés pour accomplir leurs tâches sans interaction sincère ni sentiment envers personne. Non pas que Vanessa fût une grande sentimentale, mais quand même !

Il n'était qu'onze heures du matin et la plage appartenait aux gamins et à leurs nourrices. Vanessa scruta ses pairs, l'armée d'au-pair, et se demanda si elle pourrait compter sur une quelconque amitié. Ces autres babysitters avaient-elles une patronne qui se déshabillait devant elles ? Elle imagina que les Hamptons devaient être remplis de gens comme Mme Morgan et elle échangerait volontiers de bizarres histoires d'employeurs. Mais, en regardant autour d'elle, il lui sembla peu probable que l'une de ces créatures, avec leurs bronzages parfaits, leurs lunettes de soleil géantes et leurs ongles manucurés, ait envie d'avoir affaire à elle. Ou vice versa. En gros, elle avait l'impression d'être de retour à Constance Billard, l'école qui l'avait torturée ces trois dernières années.

Elle contempla l'océan infini, luttant contre une soudaine envie de pleurer. Elle ôta ses tennis d'un coup de pied et croisa les jambes, cherchant quelque chose à boire dans le bazar qui l'entourait. Elle trouva une minuscule brique de jus de pomme, défit la paille enveloppée de Cellophane et la fourra dans le minuscule trou, furieuse.

— Te voilà !

Nils la rejoignit en sautillant sur le sable, prenant un raccourci en passant sur les serviettes et les couvertures de ses voisins.

— Ne fais pas ça ! le réprimanda-t-elle. Ou fais-le et tu te feras hurler dessus ! Tant pis. Où est ton frère ?

— Sais pas. (Il se laissa tomber par terre et fouilla dans le bazar éparpillé sur la couverture.) Vanessa, tu as mis du sable dans mes Cheez-It[1] !

— La vie est dure, parfois, lança la jeune fille. (Elle inspecta ses chevilles blanches et ses pieds encore plus pâles. Elle regrettait presque de ne pas s'être fait faire de pédicure. Elle les ôta d'un coup de la couverture avant de les enfouir dans le sable.) S'il te plaît, Nils, dis-moi que tu n'as pas tué ton frère ?

Nils la gratifia d'un grand sourire, se pencha vers elle, mit ses petites mains recouvertes de sable sur ses épaules et lui rota au visage.

Un psychopathe en herbe hyperprivilégié.

— Le garçon que tu es *censée* garder est *là-bas*, fit une voix familière geignarde.

1. Crackers au fromage. *(N.d.T.)*

Vanessa se retourna et croisa le regard glacial de Kati Farkas, sa vieille camarade de classe. Kati arborait un bronzage de professionnel à l'aérosol et un Bikini Gucci noir trop petit. À côté d'elle, Isabel Coates, son amie de toujours, était allongée sur le ventre ; elle avait ôté le haut de son Bikini-string vert pomme. Une toute petite rousse lui frottait le dos avec de l'huile autobronzante Bain de Soleil.

— Oh salut ! dit Vanessa d'un ton froid. (Deux autres filles, style mannequins aux longues jambes, paressaient à côté d'Isabel sous un parasol à rayures roses et blanches.) Es-tu nounou pour l'été toi aussi ? demanda-t-elle à Kati, bien qu'elle sût que ce ne pourrait pas être possible. Kati et Isabel, *travailler* ? Jamais.

Kati roula des yeux.

— C'est ma nièce. J'aime bien m'occuper d'elle. Elle nous achète des trucs, nous met de la crème à bronzer et les garçons la trouvent mignonne.

Vanessa opina. Elle ne voyait pas quoi répondre. Puis elle aperçut Edgar sur la plage, se diriger au bord de l'eau puis hurler, tout excité, chaque fois qu'une vague écumeuse s'écrasait à ses pieds. Elle allait se lever pour l'attraper, mais il la vit et se mit à courir vers elle. Elle se tourna vers Kati.

— Merci pour le tuyau, lui dit-elle, légèrement sarcastique.

Peut-être que si elle demandait aux jumeaux de lui appliquer de la crème, de beaux surfeurs des Hamptons se presseraient autour d'elle – tout à fait son genre. Tout à fait.

— Joli maillot, lança Isabel, ironique.

Vanessa savait bien qu'elle était ridicule dans le maillot de bain aux rayures de bourdon Hanna Anderson taille 44 de Jenny, mais elle eut bien du mal à résister au besoin impérieux de jeter du sable dans les yeux d'Isabel. Elle se contenta donc de finir son jus de fruits en un *slurp* guttural.

Elle entendit les filles maigrichonnes allongées à côté d'Isabel se moquer d'elle. Connasses. Elle allait leur lancer un regard glacial et mortel lorsqu'elle réalisa brusquement qu'elle les connaissait. Sauf que... *non*. À première vue, les filles ressemblaient comme deux gouttes d'eau à Olivia et Serena, mais plus elle les fixait, plus elles lui apparaissaient déformées. La brunette arborait une coupe de cheveux ébouriffée qui lui encadrait le visage, des yeux bleus brillants et deux énormes dents qui saillaient entre ses lèvres. La blonde, maigre à faire peur, était presque belle, excepté la veine bleue pourpre visible qui battait sur son front et le fait que l'un de ses yeux presque bleu marine était légèrement asymétrique. De plus, pour rien au monde une fille vraiment belle comme Serena ne se ferait surprendre en maillot de bain pourpre ajouré comme celui que portait cette fille. Il y avait même un trou ridicule au niveau de son nombril.

Pourtant, en l'espace de cette nanoseconde, une vague de soulagement l'avait envahie. Amies! Elle pourrait se faire de vraies amies, des amies humaines, ici! Elle en déduisit donc que, même si ces versions bas de gamme n'étaient pas les vraies, Olivia et Serena devaient *forcément* traîner dans le coin, non? Sinon, où ces deux-là pourraient-elles passer l'été?

— Du as un broblème? demanda la fausse Olivia bizarre en foudroyant Vanessa du regard. Je beux beut-être te renseigner?

— Oh! désolée, bafouilla Vanessa, gênée qu'elle l'ait surprise en train de la mater. C'est juste que...

— Oui? insista la fille, vacharde.

— C'est juste que tu me rappelles quelqu'un que je connais.

Cette fille était-elle russe ou simplement attardée ?

— Mummm...

Bizarrolivia scruta Vanessa de près. Puis la version pétasse blonde de Serena assise à sa droite se pencha vers elle et murmura quelque chose à l'oreille de Bizarrolivia, d'un air théâtral.

Comme c'est sympa.

— Tu sais quoi ? dit Bizarrolivia en souriant à Vanessa et en passant les doigts dans ses épais cheveux châtains qui lui arrivaient aux épaules. Tu me donnes de très bonnes idées.

— N'importe quoi.

Vanessa se détourna de la couverture bondée de garces et reporta son attention sur les jumeaux qui, tour à tour, se crachaient des morceaux mâchouillés de cracker à l'orange.

— Très bonne idée, répéta le clone d'Olivia derrière elle.

Oh ? Et quel genre d'idée ?

*l'expérience de ce gros crétin de **d***

— Te voilà!

Dan jeta un coup d'œil nerveux dans l'entrée de l'appartement tentaculaire de Greg à Harlem, où ils tenaient leur toute première réunion du salon littéraire « Song of Myself ».

— Me voilà.

Il entra. Il hésita dans l'entrée enténébrée et feignit d'examiner une grande peinture à l'huile tout en répétant, anxieux, son discours d'ouverture dans sa tête. « *Bienvenue, tout le monde, à notre première réunion. J'aimerais commencer par citer le poète Wallace Stevens, qui, naturellement, avait beaucoup à dire sur le rôle central de la littérature dans la condition humaine… "Qu'être soit la fin de paraître. Le seul empereur, c'est l'empereur de la crème glacée."* »

— Tout va bien?

Le poids de la main de Greg sur son épaule le fit sursauter.

— Salut! Désolé!

Greg rit.

— Nerveux?

— Non, non, mentit Dan. Je regarde juste le tableau.

Il désigna l'immense toile accrochée au-dessus du

manteau de cheminée dans l'appartement des parents de Greg. Plus âgés que Rufus, ceux-ci passaient la majeure partie de leur temps à Phoenix. Un tourbillon de gris brillants et de tons chair miroitait sous le soleil de l'après-midi qui se déversait par les fenêtres poussiéreuses du séjour.

— Tu aimes? demanda Greg. C'est l'un des miens.
— Vraiment?

Dan se retourna pour examiner le tableau et le regarda pour de bon cette fois. Quand il recula d'un pas dans l'entrée, puis d'un autre, il réalisa qu'il contemplait un autoportrait grandeur nature de Greg, assis en haut d'un minuscule escabeau, complètement nu.

— Oh! bien. (Il gloussa sottement.) Bien sûr. Ouais, c'est toi.

— Dans toute ma splendeur. (Greg remarqua la bouteille rectangulaire qu'agrippait Dan comme si sa vie en dépendait.) Tu as apporté quelque chose!

— Ouais, de l'absinthe.

C'était la chose la plus littéraire qu'il avait pu trouver. Le genre que Rimbaud ou Shelley auraient pu boire. De plus, c'était la seule bouteille non ouverte dans le meuble de dentiste moisi au verre fissuré où son père stockait ses boissons alcoolisées.

— Génial! (Greg prit la bouteille.) Et si je nous préparais à boire avant que les autres arrivent?

— Bien sûr. (Dan suivit son hôte dans le couloir bondé de bibliothèques en direction du séjour.) Je ne serais pas contre un petit quelque chose pour me décontracter.

« Mais juste un petit, d'accord? Ce truc est si fort qu'il est presque… illégal.

— Y a quelqu'un, enfin quelqu'un... fit Dan en articulant mal. (Il avait l'impression que sa langue était aussi grosse qu'une aubergine.) La sonnette, mec ! Ils sont là ! C'est l'heure ! ajouta-t-il en tâchant de s'asseoir bien droit.

— C'est l'heure !

Greg se leva d'un bond du canapé bas en cuir marron où Dan et lui s'enfonçaient de plus en plus à mesure qu'ils se resservaient des coups d'absinthe. Ils s'étaient alloué une heure pour répéter leurs discours d'ouverture, mais ils avaient passé la majeure partie du temps à verser de l'absinthe sur des morceaux de sucre, puis à avaler le mélange collant et sucré en une seule gorgée. Dan ramassa la cuillère à absinthe en argent qu'ils partageaient et la fourra dans sa bouche.

Goût du métal sur ma langue. Poison, de la couleur de l'envie...

Je délire, tu es délicieuse. Je suis bercé d'illusions et désillusionné.

Je suis perdu sans toi, j'ai besoin de toi.

Il se fendit d'un grand sourire. C'était vrai : l'absinthe inspirait *vraiment*. Il vacilla légèrement en traversant le séjour en bois brillant pour récupérer son sac à dos, où son carnet l'attendait. Il devait coucher ce fragment sur papier avant de l'oublier.

— Regarde qui est là ! cria Greg.

Dan fit tomber son sac – fragment de poème déjà oublié – et tâcha de se concentrer sur les visages des gens qui affluaient dans la salle, laquelle, brusquement, tournait. Comme ils avaient envoyé leurs photos, il avait l'impression de les connaître déjà. Il y avait la mignonne Charlotte Brontë. Et l'amoureux des vampires fou à lier.

— Tout le monde prend à boire, annonça Greg. Le bar est par-là-bas. Il y a plein d'autres glaçons au frigo. Ensuite, j'imagine que l'on pourra s'asseoir en rond et se présenter. Ça te va, Dan ?

Celui-ci opina en signe d'assentiment, brusquement incapable de formuler un seul mot. *S'asseoir.* Oui, ça lui paraissait une bonne idée. Il traversa la foule étonnamment dense en titubant – combien étaient-ils de gens au juste à la porte ? la sonnette avait-elle sonné plus d'une fois ? Pendant combien de temps avait-il cherché son carnet dans son sac, d'ailleurs ? Il s'écroula de nouveau sur le canapé en cuir.

— Et si on en prenait un autre ? suggéra Greg en désignant le plateau en argent sur lequel trônaient une minuscule bouteille de liquide vert clair et un bol de morceaux de sucre. Puis il ôta ses lunettes et Dan constata pour la première fois qu'il arborait des millions de petites taches de rousseur partout sur son visage.

— Mais… mon discours, murmura Dan. Il faut que je…

— Il faut que tu te calmes.

Greg ôta délicatement la cuillère de sa main en faisant levier et la posa en équilibre sur le bord du verre. Il y déposa un morceau de sucre, sur lequel il versa un mince filet de la liqueur verte et forte.

— Elle était dans ma bouche ! protesta Dan.

— Ça ne me dérange pas, répondit Greg, tout sourires, avant de remuer rapidement la liqueur avec la cuillère qu'il fourra entre ses lèvres. Il la ressortit de sa bouche puis la glissa de nouveau dans celle de Dan.

Beurk, merci pour les microbes !

Greg ôta ses Doc Martens usées en cuir noir et grimpa sur le canapé en marchant presque sur la cuisse de Dan. Il agita les glaçons dans son verre pour attirer l'attention de l'assemblée.

— Bien, tout le monde, prenez vos verres et installez-vous. Nous avons beaucoup à faire, ce soir.

La pièce bourdonnait de voix, mais Dan avait du mal à se concentrer pour écouter. Il était bien content que Greg ait l'air de tout maîtriser.

— Je vais passer les rênes à notre autre intrépide leader, à présent.

Greg mit une main sur l'épaule de Dan pour s'équilibrer et descendit du canapé d'un bond, avant de prendre place sur le sol de bois délabré aux pieds de son copain.

— Merci, Greg. (Dan vacilla légèrement en observant le groupe. *Tu y es. C'est notre salon. Et tu es leur Gertrude Stein.*) Mesflammes et mesvieux, bienvenue à la première réunion de notre premier salon de la réunion inaugurale de notre groupe. (Il rota tranquillement.) Je suis ravi de vous exciter et de vous parler de l'excitation et des livres. Ces choses en lesquelles je crois et vous croyez et nous croyons tous ensemble au sujet des livres et les livres sont bons et changent nos vies et nous rendent plus heureux. Et cela nous importe, n'est-ce pas? Oui, cela nous importe.

Dan marqua une pause. Quelques gloussements étouffés constituaient les seuls bruits dans la pièce, à l'exception des tintements des glaçons. Il avait la langue pâteuse et sèche et il savait qu'il avait du mal à articuler, mais il était bien résolu à aller jusqu'au bout de son discours d'ouverture. Il avait passé trop de temps à rédiger leur cahier des charges et à répondre aux e-mails au pied levé, et avait procédé à de multiples révisions de son discours – il n'allait pas tout foutre en l'air simplement parce qu'il avait bu un verre de trop.

Un?

— Nous allons commencer par lire le livre que j'adorais et que j'ai trouvé aujourd'hui au Strand. C'est là que je travaille. Où est le livre ? Greg, sais-tu où je l'ai laissé ?

— Hé, hé, rit Greg. Et si nous remettions la lecture à plus tard et faisions le tour du cercle, quelque chose comme ça ? Nous pourrions tous nous présenter. Dan et moi avons lu vos e-mails, mais nous avons hâte de faire votre connaissance pour de vrai, les mecs. (Il aida Dan à se rasseoir sur le canapé.) Et si tu commençais ?

Il désigna d'un signe de tête une fille assise en tailleur par terre près de la table basse. Sa tête était à moitié rasée et elle arborait le tatouage d'un cafard sur le crâne. Elle semblait avoir un corps très musclé, mais son visage était bizarrement difforme.

La fille au visage difforme opina en retour.

— Yo, les potes, je m'appelle Penny, aboya-t-elle. Livre préféré, *Sexing the Cherry*, vous connaissez. Je viens de finir l'école, rentre à Smith à l'automne, mais je suis trop contente d'être ici aujourd'hui, de rencontrer des amoureux de livres cool, vous savez ?

Elle se tourna pour jeter un œil à la rouquine assise à sa gauche qui serrait ses genoux et sirotait timidement un gobelet de mauvais vin blanc.

— Sa-sa-lut, murmura Poil de carotte. Je m'appelle Susanna. *L'Éveil*[1] est mon livre préféré. Je viens d'East Village, je crois que j'entrerai à Bennington quand j'aurai le bac l'an prochain, et j'adore Tori Amos.

— Tu lui ressembles trop, dit soudain Penny.

Susanna rougit et regarda par terre.

— J'imagine que c'est mon tour, lâcha un garçon

---

1. Livre de Kate Chopin qui fit scandale à sa sortie, en 1889. Il raconte l'histoire d'une Mme Bovary créole qui se découvre elle-même à travers ses amours tourmentées. *(N.d.T.)*

émacié qui avait l'air d'avoir quatorze ans, en costume gris, au nœud papillon bordeaux vif, et assis dans un rocking-chair juste en face de Dan.

— Oui, s'il te plaît, répondit Greg en faisant passer une bouteille d'eau à Dan.

Monsieur Prévenant!

— Je m'appelle Peter, je vais entrer en deuxième année à NYU, et JD Salinger est mon auteur préféré. En fait, pour ma thèse de licence, je compte bien apprendre par cœur son œuvre *Dressez haut la poutre maîtresse, charpentiers* dans son intégralité.

Dan sirota la bouteille d'eau tiède. Cela lui disait vaguement quelque chose – il se souvenait avoir lu un e-mail d'un fan fervent de Salinger, mais pour une raison quelconque, il avait du mal à se souvenir des choses.

Comme de son propre nom?

— Enfin bref, poursuivit Peter, je suis ravi d'être sorti du lot. On raconte dans des blogs que ce groupe est vraiment très fermé.

— J'ai entendu ça, moi aussi! s'exclama la fille assise à côté de lui, une brune collet monté au visage blanc laiteux encadré d'anglaises parfaites. Et j'ai vraiment de la chance que vous ayez l'intention d'inclure deux fervents de Salinger. Je m'appelle Franny[1] et oui je tiens mon nom du livre de Salinger, et oui c'est évidemment mon livre préféré au monde. J'entre à Vassar l'an prochain et hum, oui, j'imagine que j'espère me faire de nouveaux amis aujourd'hui.

Peut-être va-t-elle rencontrer son Zooey?

---

1. *Franny et Zooey* (1961), véritable livre culte en son temps. *(N.d.T.)*

— Vanessa, murmura Dan en passant les mains sur les cheveux coupés ras, doux et piquants derrière la tête alors qu'elle l'embrassait tout tendrement. Tu es revenue!

— Hé, Dan, c'est moi Greg. Tu vas bien?

La voix de Greg le ramena brusquement à la réalité. Il se rassit et se frotta les yeux.

— Oh! désolé! je crois que je me suis endormi un moment.

— C'est bon, tu as dormi une heure.

— Vraiment? (Il se leva et se rassit rapidement. Waouh.) J'écoutais cette fille parler de Salinger et c'est la dernière chose dont je me souviens…

— Cette fille? dit Greg en désignant Franny aux cheveux bouclés, affalée par terre, tandis que Peter, l'autre fan de Salinger, lui chatouillait le cou avec sa langue. Elle, euh, communique avec un autre amoureux des livres, comme tu peux le constater.

— Que se passe-t-il?

Dan jeta un coup d'œil dans la pièce de plus en plus enténébrée. On aurait dit que les vingt-deux amateurs de salon étaient tous accroupis par terre, en couple ou en petits groupes. Aucun n'avait l'air de beaucoup parler, et si c'était le cas, ce n'était sûrement pas de livres. Sur l'autre grand canapé de la pièce, Dan compta sept jambes et huit bras. Penny, la punkette à moitié chauve, se faisait tendrement mâchouiller ses oreilles aux multiples piercings par Susanna, la rousse en face de lui. Dan fronça les sourcils. Son rassemblement de l'élite littéraire se transformait en véritable *orgie*. Et il aurait pu jurer que quelqu'un l'embrassait avant qu'il se réveille. Mais qui? Il n'y avait pas de filles qui avaient la tête complètement rasée.

— Ne t'inquiète pas, Dan, murmura Greg en passant un bras sur ses épaules. On prend juste du plaisir à faire connaissance. Tu sais, comme nous voulions le faire, d'accord?

Dan hocha la tête. *Ah bon?*

Greg prit délicatement son menton dans sa main en coupe.

— Nous sommes tous des passionnés, passionnés de livres, passionnés par la vie.

Il serra le menton de Dan en badinant et rapprocha son visage du sien avant de l'embrasser doucement sur les lèvres.

Dan recula brusquement la tête. *Pardon? Qu'est-ce que c'est que ce bordel?*

Greg sourit, l'embrassa de nouveau et fit cette fois glisser sa langue sur les lèvres de Dan. Celui-ci était sur le point de reculer de nouveau, mais sa main monta involontairement dans la nuque du garçon, puis dans ses cheveux courts et piquants. Il y avait quelque chose de si familier et rassurant à embrasser quelqu'un aux cheveux courts et hérissés.

Ah bon? Même si ce quelqu'un est un mec?

Totalement confus et légèrement nauséeux d'un seul coup, Dan rassembla suffisamment d'énergie pour repousser Greg et marmonner quelque chose, comme quoi il avait envie de vomir, et partit aux toilettes d'un pas chancelant. C'était l'absinthe la responsable, s'assura-t-il en s'installant sur le sol carrelé de blanc devant les toilettes.

De l'épisode : « J'embrasse quelqu'un au visage qui pique » ou de l'épisode : « Je vomis »?

Air Mail. Par Avion. 11 juillet
Salut Dan !
Comment ça se fait que tu n'aies pas répondu à mes cartes postales ? Tu vas bien ? Vanessa a-t-elle déjà repeint ma chambre en noir ? Écris-moi viiiiiiite !
Je t'aime (mais plus pour longtemps si tu ne me réponds pas vite.)
Jenny

la douce vengeance d'o et s

— Tu es prête? cria Serena.

Elle tapa sur l'épaisse porte coulissante en bois blanchi de la seule salle de bains de la maison d'invités, forçant la voix pour se faire entendre par-dessus le rythme ininterrompu de la techno qui passait au-dehors et les bruits de fêtards qui riaient et s'interpellaient bruyamment sur l'immense pelouse vert émeraude.

— Presque!

Olivia appliqua un peu de son parfum préféré actuel – un mélange au lilas de Viktor & Rolf – derrière les lobes de ses oreilles, et, au cas où, dans l'espace doux entre ses seins, que l'on voyait tout juste apparaître dans le décolleté de sa robe jaune clair Alberta Ferreti toute fine. Elle se regarda dans le miroir, imaginant de quoi elle aurait l'air si, par exemple, quelqu'un comme Nate avait l'idée de passer voir comment se déroulait la soirée. Avec ses cheveux ébouriffés et mouillés, comme si elle venait de la plage, et sa longue robe presque blanche, elle ressemblait à une future mariée qui allait convoler sur un voilier. Un voilier comme le *Charlotte*, le bateau que Nate avait construit lors du tout premier été où ils sortaient ensemble.

Le seul sur lequel elle avait jamais navigué.

Elle pensait beaucoup à Nate depuis qu'elles étaient tombées par hasard sur lui voilà trois jours, et espérait qu'il viendrait de nouveau lui rendre visite. Un million de personnes lui avaient déjà raconté que son histoire torride ou quoi que ce soit d'autre, bordel, avec cette banlieusarde était terminée depuis longtemps, et s'il se mettait à quatre pattes, elle pourrait lui pardonner sa régression romantique. Oui, il était vraiment grave de chez grave et oui, il lui avait brisé le cœur un million de fois, mais quelque chose dans la façon dont il l'avait regardée partir en courant, et avait apprécié sa silhouette nue familière comme si c'était un tableau, lui avait redonné l'envie de le voir.

Virevoltant sur les talons de ses sandales gladiateur Bailey Winter en alligator blanc, Olivia ouvrit la porte coulissante de la salle de bains d'un air théâtral. Elle entra dans la chambre, où Serena feignait de fumer sa quatrième cigarette depuis que son amie avait disparu dans la salle de bains.

L'ennui peut transformer n'importe quelle fille sympa en pyromane.

— Joli choix, observa-t-elle en hochant la tête d'un air appréciateur en examinant la tenue d'Olivia. Mais nous allons devoir faire notre grande entrée dans deux minutes et je ne veux pas la faire sans toi.

— Tu-sais-qui est déjà dehors ? s'enquit Olivia.

Serena descendit du lit d'un bond et alla regarder par la fenêtre le bord de la piscine, là où se déroulait la fête. Son amie la rejoignit, contempla les dizaines de silhouettes et la piscine bleu vif illuminée derrière elles. Elle repéra Ibiza et Svetlana au loin.

— Cabine du DJ, fit Serena en la montrant du doigt. Joli short, ajouta-t-elle en feignant d'admirer le short bas de gamme d'Ibiza qui dévoilait ses fesses.

Olivia partit d'un rire moqueur et retourna dans la salle de bains appliquer sa crème pour les ongles Aesop sur ses cuticules – elles étaient un peu sèches ces derniers temps.

Ça doit être tout ce travail manuel.

— Merde, Olivia ! Qu'est-ce que tu fous encore dans la salle de bains ?

— J'arrive, j'arrive !

Olivia enleva l'excès de crème sur ses ongles d'un geste rapide. Elle jeta le mouchoir en papier à la poubelle et s'immobilisa sur place. Bordel. De. Merde. Qu'y avait-il à la poubelle ? Elle ramassa la corbeille incrustée de nacre avant de la déposer sur le comptoir en marbre rose.

— Viens voir.

— Mais oui, tu es *belle*, dit Serena. (Elle se pencha dans la salle de bains et prit son amie par l'avant-bras.) Allons-y. Je meurs d'envie de boire quelque chose.

— Regarde. (Olivia secoua la corbeille, furieuse.) Ça ne te semble pas louche ?

Serena jeta un œil au flacon en plastique rose clair dans la poubelle.

— Nair. (Elle marqua une pause.) Moi, je préfère la cire, mais ils font ce qu'ils veulent en Latvia ou je sais pas trop où.

— Il se passe quelque chose de bizarre.

Olivia retourna toute la salle de bains, à la recherche de signes d'activité criminelle. Elle avait l'impression d'être Audrey Hepburn dans *Charade*. Elle savait qu'elle était en danger. Elle le *sentait*. Bien sûr ! Elle comprit enfin et tira d'un coup le rideau de douche en lin crème, faisant tinter ses anneaux dorés par la même occasion.

— Que se passe-t-il ? bâilla Serena en défroissant la taille de sa robe de soleil Chloe en coton à microplis.

— Je sais qu'elles manigancent quelque chose, répondit Olivia. (Elle attrapa son shampooing Kerastase sur l'étagère dans la douche.) Je sais que ça ne peut rien être d'original. Et je sais que nous savons toutes les deux que mettre du Nair dans une bouteille de shampooing est un truc vieux comme le monde. Tu te souviens ? À la soirée-pyjama chez Isabel ? On avait genre, onze ans.

Serena se contenta de la dévisager.

— Eh bien, *moi* je me souviens. (Olivia déboucha le flacon. Elle n'avait même pas besoin de sentir pour savoir que l'on avait en effet essayé de lui jouer un sale tour – l'odeur nauséabonde du produit dépilatoire était reconnaissable entre mille.) Connasses ! jura-t-elle. C'est une putain de bonne chose que je n'aie pas voulu me laver les cheveux ! (Elle toucha ses mèches châtains, inquiète, pour s'assurer qu'elles étaient encore là.) Maintenant, la putain de *guerre* est déclarée.

Dignes et déterminées, Olivia et Serena passèrent en trombe les portes-fenêtres de la maison d'invités et prirent le chemin dallé blanc qui menait à la piscine. Olivia scruta la foule, constatant qu'il n'y avait que des hommes. Pas une seule femme. *Waouh*. Une centaine, voire cent cinquante personnes, et les seules filles en vue étaient Serena et elle – et Ibiza et Svetlana, bien sûr.

— Mon père serait aux anges, observa-t-elle, regrettant presque que son fabuleux papa gay, Harold Waldorf, et son petit ami français bien plus jeune, Édouard ou Étienne, ou quel que soit son putain de prénom, soient partis mener la belle vie dans le sud de la France. Elle voulait que quelqu'un d'autre que Serena assiste à ce qui allait se passer.

— Voilà mes filles ! s'écria Bailey Winter.

Il surgit d'un groupe de types aux cheveux argent, style présentateurs de JT, qui portaient tous des blazers bleus et des pantalons blancs, en dépit du fait qu'il faisait vingt-sept degrés, facile. Bailey, quant à lui, arborait un ensemble similaire mais avec des manches trois-quarts et un pantalon qui exposait jusqu'aux genoux ses chaussettes à losanges rose vif et orange fluo et ses chaussures basses bicolores en nubuck blanc. Remontant le chemin en gambadant vers Olivia et Serena, il leur tendit une main potelée, sa suite de cinq carlins glapissant à ses basques.

— Venez, les filles, faire un sandwich Bailey! (Il gloussa.) Espérons que ce ne sera pas la seule partie à trois à laquelle je participerai ce soir!

Il se fendit d'un large sourire et adressa un petit signe de la main au DJ torse nu.

— Charmante soirée, le complimenta Olivia en remarquant les nombreux serveurs à peine habillés qui circulaient avec des flûtes de champagne.

— Merci, chérie! fit Bailey d'une voix perçante. Avancez, avancez, mesdames, il faut que vous buviez quelque chose! (Il fila en direction du bar, entraînant les deux filles avec lui comme des chiots en laisse.) Barman! aboya-t-il au surfeur hâlé, genre top model, derrière le bar. Son uniforme, comme ceux des autres serveurs, consistait en un gilet décolleté en coton et cachemire Bailey Winter Garçon sur son torse nu parfaitement dessiné.

— Que veulent mes petites chéries? roucoula-t-il.

— Deux Negroni.

Olivia se retourna pour scruter la foule, une masse indistincte de pantalons blancs sur l'herbe verte, des coupes de cheveux parfaites et des muscles impressionnants qui saillaient sous des manches trop courtes.

Puis elle les repéra : Ibiza et Svetlana, toutes de blanc vêtues. Salopes de copieuses. Svetlana portait une robe asymétrique en stretch merdique qui soulignait sa poitrine quasi inexistante. Ibiza était moulée dans une combinaison-pantalon chaudasse blanche dos-nu qui ressemblait à un truc que la mère d'Olivia aurait pu porter pour aller au Studio 54[1] il y a, genre, trente ans. Ignoble.

Alors pourquoi ne pas y remédier ?

— Voilà, dit le barman en tendant à Olivia deux grands verres remplis d'un liquide orange riche. Je m'appelle Gavin.

— Merci Gavin, répondit Serena en le regardant en battant des cils. Alors... es-tu là pour tout l'été ? demanda-t-elle en s'adossant au bar en bois patiné.

— Pas maintenant, la rembarra Olivia en lui prenant le bras.

Elle n'avait pas la patience de voir son amie flirter – pas quand elles avaient un boulot à faire.

— Désolée. (Serena but une petite gorgée de son cocktail doux amer.) Je m'amusais, c'est tout. C'est probablement le seul type hétéro de la soirée.

— Bailey, j'aimerais voir la cabine du DJ de plus près, annonça Olivia.

— Oh, chérie, tu as lu dans mes *pensées* !

Bailey entraîna les deux filles par le coude et leur fit faire le tour de la piscine, direction la cabane blanche aux bords roses, érigée pour l'occasion.

— Il est carrément délicieux, vous ne trouvez pas ? Oh ouste, les filles ! dit-il en chassant Ibiza et Svetlana qui tripotaient les caisses de lait remplies de disques. Il a du *boulot* !

---

1. Célèbre boîte d'échangisme new-yorkaise. *(N.d.T.)*

— Nous l'aidons ! protesta Ibiza en faisant la moue avant de siroter son chardonnay.

— Je n'en doute pas, dit Bailey.

Il gratifia Olivia d'un clin d'œil sarcastique.

— Et si nous allions toutes nous installer là-bas pour papoter ? suggéra Olivia en désignant les sièges tout blancs près de la piscine.

— Oui, oui, oui, les filles, allez vous asseoir, j'ai fait confectionner ces coussins exprès pour la soirée. C'est de la soie italienne blanchie des plus divines. Très rare. Exceptionnelle. Alors allez vous prélasser, allez, soyez belles. Allez-y, filez ! (Bailey leva sa minuscule flûte de champagne Tiffany en guise de salut.) Je reste ici et je garde un œil sur notre préposé à la musique, ne vous inquiétez pas !

Ibiza et Svetlana s'installèrent sur les coussins rembourrés en pure soie, au bord de la piscine. Olivia et Serena restèrent debout à côté d'elles, grimaçant.

— Il est gay, tu le savais ? dit Ibiza en sirotant son vin et en dardant un regard glacial sur Olivia.

Olivia baissa les yeux sur elle. Cela revenait presque à se regarder dans un miroir déformant particulièrement nul à la fête foraine.

— Oui, je suis au courant, merci.

— Je me suis juste dit que, vu que tu lui tenais la main, je te le dis, tu vois, pour pas que tu espères quoi que ce soit de lui, poursuivit Ibiza.

— Pourquoi espérerais-je quoi que ce soit ?

Olivia regarda Serena d'un air ébahi.

— Je ne sais pas, répondit Ibiza en haussant les épaules.

— C'est vrai, que pourrait-il se passer ? sourit Olivia.

Puis elle trébucha convulsivement en avant. Son cocktail orange foncé toujours intact fut projeté sur la poitrine d'Ibiza. Olivia prit le bras de Serena pour ne pas tomber, et le cocktail de celle-ci se renversa à son tour sur la tête de Svetlana.

Qu'est-ce que ça peut faire?

La foule agglutinée autour du quatuor poussa un halètement d'horreur collectif en voyant tout – les robes blanches, les coussins blancs, les cheveux blond-blanc de Sveltana – devenir mandarine foncé sous leurs yeux.

— Oh! mon Dieu! qu'ai-je fait?

Olivia se servit de sa serviette en papier blanc et crème pour tapoter délicatement le devant de la robe d'Ibiza.

— Elle est foudue, esbèce de garce! C'est du Versace!

Ibiza la chassa d'un geste de la main, irritée.

— Que s'est-il passé?

Bailey Winter les rejoignit à toute allure, les mains collées sur les joues, consterné. Ses cinq carlins aboyaient sur la foule, anxieux.

— Que s'est-il passé? Quelqu'un a renversé quelque chose? Oh mon dieu! Mes *coussins*!

— C'est elles! aboya Ibiza. (La tache mandarine s'étalait sur son hideuse combinaison-pantalon anciennement blanche. Entre la tache, ses mèches vulgaires et son bronzage trop orange, elle commençait à ressembler à une Oompa Loompa[1] couleur clémentine.) Elles l'ont fait exprès!

— Nous ferions mieux d'aller chercher des serviettes…

Olivia s'éloigna et se fondit dans la foule toujours muette de stupeur.

---

1. Employés de M. Wonka dans *Charlie et la Chocolaterie*, les Oompas Loompas sont de petits hommes aux longs cheveux verts, chargés de touiller le chocolat dont ils raffolent. *(N.d.T.)*

— Des serviettes, acquiesça Serena d'un ton sérieux.

Elle tira sur ses mèches blond-blanc et attacha les bouts en nœuds pour les faire tenir en place.

— J'ai besoin d'une minute seul, s'il vous plaît! (Bailey Winter leva les mains à grands coups de: « Ouste! ») Tout le monde, s'il vous plaît, retournez à la soirée. Faites comme si je n'étais pas là.

Bien sûr, ignorez donc l'homme qui pleure en chaussettes à losanges fluo, entouré d'un bataillon de chiens qui aboient.

— Nous vous laissons tranquille.

Olivia attrapa Serena par la main et l'entraîna à travers la foule d'hommes. Quand elles arrivèrent sur la pelouse, toutes deux étaient mortes de rire.

— Et maintenant? haleta Serena. On ne peut pas y retourner!

Olivia fit tomber son grand verre de cristal par terre, où il atterrit dans un bruit lourd et sourd.

— Peut-on passer par-dessus? demanda-t-elle en se mettant sur la pointe des pieds pour examiner de plus près la clôture en séquoia qui séparait la propriété Winter de la résidence des Archibald.

Bien sûr que tu peux. En talons.

— À fond!

Serena déposa son verre sur la pelouse spongieuse et se hissa sur la clôture.

Olivia la suivit, fit passer sans problème son corps par-dessus la clôture et atterrit sur la pelouse herbeuse de l'autre côté. Elle inspecta sa robe jaune pâle – il y avait une tache sur le corsage, là où elle avait touché la clôture.

— Conneries! jura-t-elle.

On n'a rien sans rien.

— Olivia? Serena?

Olivia leva les yeux de sa robe foutue pour trouver précisément celui qu'elle avait secrètement espéré voir dans le jardin des Archibald.

— Salut, Nate.

Elle plaça ses cheveux derrière ses oreilles et sourit.

— J'ai entendu quelqu'un hur'… Je croyais que c'était un animal sauvage, quelque chose comme ça.

Nate avait l'air hébété, comme s'il venait de piquer un petit somme.

Ou de fumer, plus probablement.

— Je m'inquiétais pour vous, les filles, poursuivit-il.

— C'est mignon de ta part, roucoula Olivia en prenant la main de Serena. Maintenant ramène-nous à la maison.

— Comment ça ? fit Nate en cillant et en les regardant fixement comme s'il tâchait encore de deviner si elles étaient bien réelles ou juste une apparition. À la maison, *ici* ? Bien sûr. Entrez…

— Non, à la *maison* ! hurlèrent les filles à l'unisson.

Puis elles traversèrent la pelouse parfaitement entretenue en courant vers l'allée, où trônait la fierté du père de Nate, une Aston Martin vert forêt décapotable, dans l'air frais de la nuit.

En voiture !

tout est une question de timing

— Bien, bien, bien, regarde ce que le chat chauve a apporté !

Chuck Bass fit glisser ses lunettes de soleil Christian Roth en titane sur son nez et gratifia Vanessa d'un sourire en coin. Elle avait à peine fait deux pas dans le jardin hors de prix de Bailey Winter que Chuck s'était mis en travers de son chemin et gloussait en la regardant. Sweetie, son singe des neiges de compagnie perché sur son épaule et vêtu d'un costume de marin pailleté, faisait des petits bonds sur ses pattes arrière et tirait sur le col du polo Hugo Boss rose clair de son maître. Vanessa se dit qu'il faisait peut-être office de papier toilette à l'animal.

— Oh ! salut Chuck.

Elle se souvenait vaguement que ce type causait toujours des problèmes – Dan ne l'aimait pas pour une raison quelconque, et elle avait entendu des gens colporter des ragots sur lui, bien que l'on ne puisse pas vraiment leur faire confiance.

Non ? Pas possible ?!

— Tu viens de louper le clou du spectacle, chérie, reprit Chuck en remettant son col en place et en souriant d'un air sournois. Olivia et Serena ont de nouveau fait des leurs.

— Dieu merci, elles sont là !

Vanessa poussa un soupir de soulagement perceptible. Après tout, elle était venue exprès pour les voir, avait suivi un tuyau de la nounou d'à côté, une Irlandaise svelte qui s'appelait Siobhan et qui, bien qu'elle soit domestique comme Vanessa, semblait se trouver au centre de la scène sociale des Hamptons. Sa tenue ne la gênait que modérément – un pantalon capri noir qu'elle avait coupé elle-même et un petit top en coton noir sans manches tout simple qu'elle avait achetés à Club Monaco juste avant de partir pour Amagansett – mais elle se figura que ça passerait, vu que ses amies étaient là.

— Elles *étaient* là, darling. (Chuck consultait, distrait, ses textos.) Tu as tout loupé. L'ouragan Olivia a causé de graves dégâts sur son passage.

Derrière elle, c'était un désordre indescriptible : un presque-nain extrêmement bronzé, agenouillé au bord de la piscine, pleurait comme un hystérique, tandis qu'une foule dense d'homos magnifiques s'éloignait de lui. À côté, au beau milieu de coussins blancs éclaboussés d'orange, se trouvaient deux filles qui lui étaient très familières.

— Mais ce n'est pas...
— Olivia et Serena ? Ne te fais pas d'illusions ! De vrais imposteurs ! Regarde de plus près !

Chuck se remit à taper son texto dans son Black-Berry.

Vanessa regarda de nouveau et réalisa que le garçon avait raison – la brune et la blonde qu'elle avait d'abord prises pour Olivia et Serena étaient loin d'être aussi jolies, ou d'éclater de santé comme les originaux. Le fait que leurs tenues autrefois blanches étaient toutes deux souillées par des taches liquides qui ressemblaient à du vomi ne faisait que le confirmer. Elle les regarda en plissant les yeux et comprit que c'étaient les faux qu'elle avait vus à la plage quelques heures auparavant.

Tout à fait ce qu'il lui fallait – quelque chose qui lui rappelle son horrible après-midi avec les deux petits monstres. Le reste de la journée à la plage avait été plutôt tranquille, mais à peine étaient-ils rentrés chez eux que Mme Morgan l'avait assaillie de questions sur la crème solaire qu'elle avait utilisée, les livres qu'ils avaient lus, et avait décrété qu'elle préférait que Vanessa ne gâche pas leur dîner en les laissant manger des Cheez-It. Vanessa avait patiemment hoché la tête, puis s'était ruée dans sa chambre à l'étage avant d'enfiler rapidement quelque chose de relativement présentable. Elle était sortie en trombe dans la nuit, refusant que le fait mineur de ne pas avoir de permis ni de voiture lui gâche le plaisir. Elle prit l'un des minuscules vélos des jumeaux sur le portant où il était accroché et pédala vers la civilisation, se figurant que ce n'était qu'une question de temps avant qu'elle ne tombe sur quelqu'un qui la dirige vers Olivia et Serena. Par chance, elle tomba sur Siobhan une rue plus loin.

— Sais-tu où elles sont allées?

Vanessa se retourna pour voir Chuck Bass disparaître dans la foule, la main levée bien au-dessus de la tête pour ne pas renverser son verre.

Super. Pas d'Olivia, pas de Serena et maintenant, plus de Chuck. Vanessa se vit toute seule, frissonnant sur la plage, tâchant d'éviter les tops pervers aux envies de meurtres.

Rien qu'une nuit comme les autres à East Hampton.

Eh bien, il n'existe qu'un seul remède contre une nuit en solo, se raisonna Vanessa en plongeant dans la foule, se faufilant à travers un trio de M. Muscles torses nus, et fonçant droit vers – devinez où? – le bar.

— Vodka-Martini.

Elle sourit au barman, le gratifiant de son plus beau regard : « Oui je suis sur la liste d'invités. » Elle ne buvait presque jamais, mais un Martini lui permettrait peut-être de voir la vie autrement.

Le barman se remit au boulot et lui tendit efficacement son verre. En l'agrippant bien fort, Vanessa retourna dans la foule, sans trop savoir à qui parler. Il y avait Chuck, qui riait en papotant avec un homme très, très grand, et il y avait les deux imposteurs de la plage, qui fronçaient les sourcils et tapotaient leurs vêtements avec leurs serviettes trempées, pathétiques.

Choix épineux.

Vanessa se fraya un chemin à travers un groupe dense de types en pantalons de lin, direction le bord de la piscine.

— On s'est déjà vues, commença-t-elle en guise de présentation. Vanessa.

La blonde la dévisagea bêtement à travers les larmes qui coulaient de ses yeux au léger strabisme.

— Encore toi! (La fausse Olivia la foudroya du regard.) Nous devons aller nous changer. (La fille prit son amie par la main et commença à s'éloigner d'elle.) Tu devrais peut-être te changer, toi aussi.

Vanessa résista au besoin urgent de jeter son verre au visage aux dents de lapin de la fille.

Ôtant ses tongs, elle s'assit et balança les jambes dans l'eau turquoise. Elle sirota nerveusement son Martini et tâcha de noyer l'horrible honte : « Je suis à une soirée et personne ne m'adresse la parole. » Puis elle jeta un œil à sa montre, tripota ses vêtements et contempla la surface calme de la piscine, feignant d'être absorbée par chacune de ses tâches.

— Yoooo-hooo, excusez-moi, ma chère.

Quelqu'un avait-il appelé la sécurité?

Vanessa se retourna comme si de rien n'était et se retrouva nez à nez avec Bailey Winter en personne, le créateur gaylirant qu'elle avait croisé sur le plateau de *Diamants sous canopée*, la veille de son excommunication, et l'hôte de la soirée où elle s'incrustait, en l'occurrence.

— Salut !

Elle lui adressa un sourire enthousiaste dans l'espoir de lui faire oublier qu'il ne l'avait pas invitée à sa soirée.

— Oh là là !

Le créateur sortit un mouchoir à fleurs en soie de la poche poitrine de son blazer en lin bleu marine et tapota ses yeux rouges.

— Je suis tout retourné. Mes coussins, vois-tu, ils sont ruinés.

Vanessa regarda en fronçant les sourcils les coussins ivoire tachés de picole au bord de la piscine.

— Comme c'est dommage !

— Oh ! à quelque chose malheur est bon, chérie, annonça-t-il d'un ton théâtral, ses larmes séchant spontanément. Et si j'ose dire, tu es absolument remarquable ! Qui es-tu et d'où viens-tu ? Tu es la petite chérie la plus délicieuse !

Se cramponnant toujours à son mouchoir, Bailey Winter caressa la joue de Vanessa.

Soie et morve. Comme c'est charmant.

— Je, euh, cherche des amies. Olivia et Serena.

— Oui, ces deux mégères, eh bien qui sait où elles sont parties – et qu'est-ce que ça peut faire ? (Il serra fort le haut de son bras avec sa petite main.) Tu es ce que je recherchais ! Tu es le tout nouveau, nouveau *new look* ! Enfin !

— Pardon ?

Vanessa voulait se dégager de son étreinte, mais, si elle y parvenait, elle tomberait dans la piscine.

— Tu dois passer l'été chez moi, poursuivit-il, enchanté. Ton énergie, ton profil, ta calvitie… sont tous extrêmement stimulants ! Dis-moi oui, ma chère. Passe la nuit ici ! Au moins une nuit. S'il te plaît ! Ne fais pas mendier oncle Bailey !

— Rester ici ?

Vanessa passa de nouveau le spectacle en revue : une résidence particulière moderne en verre et en béton, une piscine bleue étincelante, des centaines d'hommes parfaitement habillés et soignés, des Martini glacés – on se serait cru dans un film de Fellini, si Fellini en avait jamais réalisé un sur l'été dans les Hamptons. Elle sentit une poussée de créativité qui faillit lui couper le souffle. Bien sûr ! Un film, dans les Hamptons ! Un documentaire impressionniste, qui mêlerait des extraits de la soirée à des interviews à la première personne, analyserait le processus créatif de l'une des forces motrices de l'industrie de la mode. C'était un peu Robert Altman, un peu *Grey Gardens*[1]. Sans dire que cela flanquerait une belle dérouillée à la patrouille de crottes de nez des Morgan-Grossman !

— Rester ici, répéta-t-elle en hochant lentement la tête. Pourquoi pas, *j'adorerais*.

Ah bon ?

---

1. Film culte de David Maysles sur la relation obsessionnelle entre deux personnes excentriques, Edith Bouvier et sa fille, retirées du monde dans une maison à l'abandon sur Long Island. (*N.d.T.*)

 **gossipgirl.net**

| thèmes ◀précédent suivant▶ envoyer une question répondre |

Avertissement : tous les noms de lieux, personnes et événements ont été modifiés ou abrégés afin de protéger les innocents. En l'occurrence, moi.

Salut à tous !

Bon d'accord, je sais que j'ai déjà interrompu votre programme habituel pour vous faire part d'un message important, mais là, il s'agit d'une *urgence*. J'envoie un message à toutes les patrouilles concernant certains de nos chouchous…

On recherche : une Aston Martin décapotable vert forêt d'époque. Vue pour la dernière fois sortir à toute allure de Georgica Pond, peu après le coucher du soleil. Les rapports varient, mais, d'après mes meilleures sources, la voiture transportait au moins trois personnes – un mec et deux filles – et j'ai des informations selon lesquelles au moins l'une des filles était en blanc. Quelqu'un s'enfuirait-il ? Veuillez ouvrir l'œil. Et à présent, retour à nos ragots habituels.

FICHE DE LECTURE :

Notre premier compte rendu croustillant confirme ce que j'espérais et redoutais à la fois à propos de ces crétins fanas de bouquins : ils sont vraiment *zarbi* au lit. D'après la rumeur, un certain salon intellectuel à Harlem serait passé d'un échange de pensées littéraires à un échange de salive – et vite. C'est ce qui s'appelle une réunion d'introduction « pour faire connaissance ». Je me demande si c'était ce qu'avaient en tête **D** et son nouvel ami **G** quand ils recherchaient de « jeunes hommes et femmes de même sensibilité » et demandaient aux candidats d'envoyer leurs photos. Mais bon, d'après ce que je sais, ces fervents gens de lettres voient au-delà du carcan de l'identité – comme, hum, le sexe – et se contentent d'étreindre l'âme – et d'autres choses – de la personne assise à côté d'eux. J'imagine que c'est ce qui s'appelle ne pas se fier aux apparences.

Cette petite orgie entre abrutis signe-t-elle la mort du débat littéraire ? Ne peut-on plus s'asseoir dans un appartement de Harlem, plein de coins et de recoins, et discuter des grandes œuvres de la littérature sans avoir le feu au cul ? Ou cela symbolise-t-il le retour de grosses organisations louches favorables aux partouzes comme le Plato's Retreat[1] ? (Puis-je simplement dire… bouh…) Désolée de vous décevoir mais, pour une fois, je n'en suis pas sûre à cent pour cent. En revanche, je vais vous dire ce que cela signifie pour moi : je ne m'aventurerai jamais au grand jamais au-delà de la 101e Rue. Que cette manifestation soit « stimulante » ou non.

PEINDRE SELON DES INDICATIONS CHIFFRÉES

À propos de fiestas avec, euh, une prédilection pour les personnes du même sexe, j'ai un compte à régler avec un certain créateur extravagant à propos de sa dernière folie chic. Qu'est-ce que c'est que ce thème « exclusivement blanc » ? Pour ceux qui se considèrent comme

---

1. Boîte d'échangisme new-yorkaise mondialement connue qui a dû fermer ses portes en 1985 avec l'arrivée du virus du sida. (*N.d.T.*)

des penseurs libres, l'idée en elle-même est tout simplement... *fermée* – même si je suis peut-être tout bêtement piquée au vif d'avoir été exclue de la fête en raison du même thème *fermé* « *exclusivement masculin.* ») J'imagine que c'est une façon pour les riches et célèbres de se donner l'impression d'être chic et fabuleux – personne ne se souvient de l'appartement de ce rockeur à Greenwich Village, entièrement peint en blanc ? Même ses invités avaient dû s'assortir au décor. Et si cela peut être fantastique cinq minutes, c'est tellement peu pratique – et les gens soûls, les boissons colorées et les canapés blancs ? Quelqu'un peut-il en tirer les conclusions qui s'imposent ? Personnellement, tout ce qui est en couleur me tente, notamment en été. Pour preuve, voici quelques-unes de mes affaires colorées préférées : Cosmos rose coucher de soleil, océan bleu-vert, glace à la menthe aux pépites de chocolat, et le meilleur pour la fin... garçons bronzés en chemises pastel. Si ce n'est pas un mélange de couleurs...

VOS E-MAILS :

Q: Chère GG,
Je suis la belle brune d'un pays étranger donc il y a peut-être des choses que je ne comprends pas en Amérique. Je te demande ton aide pour que tu m'expliques : être chauve, est-ce être beau de nos jours ? Les Américains aiment-ils les filles comme ça ? Au crâne rasé ? S'il te plaît, conseille-moi.
— Désorientée.

R: Chère D,
Je crois que tu n'as pas compris. Être chauve, c'est beau quand nous parlons d'un Brésilien, mais la plu-

part des garçons aiment avoir quelque chose dans quoi passer les doigts. C'est rare, une femme qui sait porter cette tendance. J'ai vu cela marcher une seule fois.
Bonne chance,
— GG

Q: Chère GG,
Je passe l'été en Europe et je me fais du souci pour mon grand frère resté à New York. Il n'a répondu à aucune de mes cartes postales et quand j'ai appelé chez moi il y a quelques minutes, mon père m'a dit qu'il était « parti en cavale avec une bouteille d'absinthe ». Beuuuuh ! Tu crois qu'il va bien ?
— Petite sœur inquiète.

R: Chère PSI,
Ne t'inquiète pas : ton frangin s'éclate probablement et essaie de nouvelles expériences. Crois-moi, c'est une bonne chose. Si tu t'inquiètes toujours pour savoir où il traîne, envoie-moi sa photo… s'il est mignon, je le pisterai pour toi !
— GG

ON A VU :

N, faire sa première apparition de la saison à la plage avec un ami que j'ai eu du mal à reconnaître – que se passe-t-il, **A**, tu as fait de la muscu ? Super-résultats ! J'ai pris des photos avec mon portable pour le prouver ! Miam. Deux jeunes femmes correspondant à la description de **S** et **O** ont été repérées en train de mâcher du chewing-gum derrière une station-service sur Main Street, tard le soir. Mais prenons cette info avec des pincettes, car une autre source me rapporte que **O** et **S** ont été vues acheter des dépilatoires chez Long's, et quelque chose me dit que ces filles ne tenteraient jamais une expérience maison, même en cas d'urgence. C'est vrai, il y a des experts pour ce genre de chose, et oui, ils se déplacent à domicile. **V**, pédaler dans East Hampton sur un vélo d'enfant avec des roulettes. Peut-être faisait-elle une espèce de point environnemental ? Tant mieux pour elle. **D**, être quant à lui un bon écologiste, si c'est bien lui que l'on a vu ivre mort dans le wagon de la ligne 2 au lieu de prendre un taxi. Au fait, **K** et **I**, si vous voulez vous incruster à une soirée strictement masculine, cela aide considérablement d'avoir le crâne rasé et une tenue unisexe gonflante. De nombreux lecteurs vous ont vues rentrer chez vous la queue basse en Pucci après vous être fait éjecter à la porte. Désolée, les filles !

Ça suffit pour aujourd'hui. Je vais faire la connaissance d'un nouvel ami – il est maître nageur et ne parle que le hollandais – et vous avez du boulot : sortez pour créer de nouveaux ragots que je pourrai colporter ensuite, vous savez combien je vous aime quand vous le faites. Et bien sûr…

Vous m'adorez, ne dites pas le contraire,

gossip girl

avant le lever du soleil

— Monte le son !

Nate mit sa main en coupe autour de la flamme du briquet en argent de Serena, essayant d'allumer une cigarette, tandis que la jeune fille conduisait le roadster décapotable sur Long Island Expressway, déserte.

Le meilleur moyen d'éviter les embouteillages de l'été ? Partir en pleine nuit.

Sa cigarette allumée, Nate renvoya le briquet sur le siège passager vide devant lui. Serena tendit la main et monta le son au maximum, mais, même aussi fort, on entendait à peine les gazouillis bien particuliers de Bob Dylan par-dessus le bruit du vent.

— J'ai froid. On ne peut pas remettre la capote ? demanda Olivia en enveloppant ses bras autour d'elle et en se renfrognant.

— Je ne sais pas comment ça marche, reconnut Nate. Mais je peux t'aider à te réchauffer si tu veux.

Il drapa son bras gauche sur son épaule, protecteur.

Exactement comme au bon vieux temps.

Olivia se pencha vers le siège avant et attrapa le cardigan que Serena y avait abandonné.

— Et je suis *crevée*, ajouta-t-elle. Qui a eu la brillante idée de s'arrêter pour dîner ?

Elle enfila le pull et se laissa aller dans les sièges en cuir caramel.

En fait, ça avait été *son* idée de s'arrêter pour dîner. Elle voulait dîner au Merit – son père et elle s'y arrêtaient souvent lors des escapades familiales à Southampton quand elle était petite – mais ils s'étaient perdus, et il leur avait fallu une heure et demie pour le trouver. Nate décida de ne pas le lui rappeler.

— Tu devrais peut-être piquer un petit somme, suggéra-t-il.

— On est bientôt arrivés, ajouta Serena depuis le siège avant. Je sens presque la ville.

Nate renifla l'air frais et humide. Il ne sentait rien à part l'odeur de brûlé cendreuse de sa cigarette et de miel-amande dans les cheveux d'Olivia. Il ne voyait pas grand-chose non plus, hormis la ligne vague de la voiture et le profil de ses amies, et le vide enténébré du désert le long de l'autoroute, que le mince éclat de la lune estivale illuminait à peine. Après quelques autres arrêts – pour faire le plein, pour prendre des photos débiles d'eux trois en train de faire des grimaces devant différents endroits pittoresques, pour s'approvisionner en cigarettes, en Coca light et en cochonneries – ils avaient réussi à tuer la majeure partie de la nuit. Il semblait presque impossible que, dans quelques heures, Nate soit censé sauter sur son vélo merdique et débarquer chez Michaels le coach pour une nouvelle journée de dur labeur et de harcèlement sexuel.

J'imagine qu'il va se faire porter pâle. Une fois de plus.

— Alors qu'est-ce qu'on fait au juste ? demanda Serena en regardant la banquette arrière par-dessus son épaule. Où est-ce que l'on va ?

— Allons au Ritz, suggéra Olivia.

Elle fit des petits bonds sur son siège comme un petit enfant qui a envie de faire pipi.

— Prenons une suite, commandons à manger au room service et dormons toute la journée de demain.

— Et si nous allions directement nous goinfrer de pancakes au café Three Guys ? proposa Serena.

Nate étudia les différentes possibilités : une chambre d'hôtel partagée avec Olivia et Serena ou un petit déjeuner plein de graisses tôt le matin.

Décisions, décisions.

Mais il avait son propre plan. Voilà quelques jours qu'il le ressassait dans sa tête, depuis qu'Anthony lui avait conseillé de profiter du moment présent. Et maintenant, il savait ce qu'il voulait : une croisière d'été improvisée sur le bateau de son père. Il l'imaginait sans mal : il sortirait du port de New York dans son voilier et le soleil se lèverait sur l'East River. Ils se dirigeraient au nord, en direction du Cape, et, enfin, vers la propriété de ses parents à Mount Desert Island, dans le Maine. Ils passeraient le reste de l'été à glander en sous-vêtements sur le pont inondé de soleil. Ils plongeraient par-dessus bord et barboteraient dans l'eau comme des enfants. Ils s'arrêteraient dans de petites villes pour faire le plein de cigarettes et de bière, et Olivia pourrait acheter des magazines et tout ce qu'elle voulait. Ensuite, quand ils se seraient ouvert l'appétit à force d'avoir péché, nagé ou fait l'amour, Olivia et lui dévaliseraient la cuisine bien garnie et mangeraient des cœurs d'artichaut avec les doigts à même la boîte.

On n'oublie pas quelqu'un ?

C'était l'été qu'il était censé passer et, enfin, il profitait du moment présent. Le seul problème était… eh bien… Serena. Peu importe qu'Olivia et lui ne soient pas tout à fait en couple. Ils avaient connu des hauts et des bas depuis qu'ils se connaissaient, mais ils en revenaient toujours à la même conclusion : ils étaient faits l'un pour l'autre. Et ils en revenaient à la même conclusion en ce moment même. Et cela se passerait sur le *Charlotte*. Nate ferma les yeux, essayant désespérément de trouver un mec qu'ils pourraient amener pour occuper Serena pendant leur grand voyage tandis qu'il ferait tout pour reconquérir Olivia. Jeremy ? Anthony ? Nan, ils n'étaient pas de taille.

Il jeta sa cigarette par la vitre et s'éclaircit la gorge.

— J'ai trouvé ! annonça-t-il. Prenons le *Charlotte* ! Et ensuite, partons.

— Génial ! s'écria Serena en ôtant les mains du volant et en applaudissant. Natie, tu es un génie !

— Je ne sais pas, dit Olivia en s'asseyant bien droit. J'ai juste envie de prendre une douche et d'aller me coucher.

Elle s'agita sur la banquette, et son genou effleura celui de Nate. Le faisait-elle exprès ? Cela envoya une décharge d'électricité palpable dans tout le corps du garçon. Il avait l'impression d'avoir les idées plus claires et d'être plus conscient qu'il ne l'avait été depuis des mois. Comme si tout ce qui lui était arrivé dernièrement – se créer des problèmes et être à deux doigts de ne pas avoir son bac, partir jouer les esclaves dans les Hamptons, vivre cette bizarre et brève histoire d'amour avec Tawny – l'avait conduit ici, à cet instant. Tant pis s'il séchait le boulot dans quelques heures, tant pis s'il avait volé la chose à laquelle tenait le plus son père, tant pis s'il n'avait jamais son bac – il était avec Olivia, et quand ils étaient ensemble, c'était comme si tout le reste au monde… allait *bien*.

— Il y a une douche à bord, rappela Serena à Olivia en prenant son Nokia qui vibrait et clignotait sur ses genoux. Ne joue pas les bébés ! lui cria-t-elle par-dessus son épaule. « Allô ? » répondit-elle au téléphone.

Qui diable pouvait bien l'appeler à quatre heures du matin ?

— Salut, Serena, comment ça va ? C'est Jason. Tu sais, ton voisin du bas, dans la maison de la 71ᵉ Rue ?

Serena regarda la route en souriant tranquillement. Olivia ne s'attendait sûrement pas à cet appel.

— Hé ! répondit-elle de sa voix la plus amicale et la plus optimiste.

Jason était mignon, mais n'avait rien d'inoubliable. Après la soirée de fin de tournage de *Diamants sous canopée*, c'était exactement ce que les filles avaient fait – l'oublier. Mais Serena n'était pas celle pour qui craquait Jason, de toute façon.

— J'imagine que tu veux parler à Olivia.

Elle passa la quatrième dans un virage étroit.

— Plus ou moins, reconnut le garçon.

— Ne quitte pas.

Elle jeta son téléphone derrière elle, heurtant accidentellement le nez de son amie.

Olivia était joyeusement plongée dans l'une de ses rêveries épiques et dignes d'un film, dans laquelle Nate et elle, nus sur une plage de Saint-Barth, s'embrassaient sur le sable, tandis que les vagues éclaboussaient leurs corps, exactement comme Deborah Kerr et Burt Lancaster dans *Tant qu'il y aura des hommes*. Elle prit le téléphone. Sûrement sa mère qui se demandait pourquoi il y avait un débit de dix mille dollars chez Tod's sur son AmEx.

— Allô ? dit-elle, quelque peu ennuyée. (La jambe de Nate était si chaude contre la sienne. Elle posa la tête sur son épaule, cherchant du réconfort tout en sc préparant à avoir une conversation extrêmement gonflante.) Qu'est-ce qu'il y a encore, maman ?

— Non, c'est moi, Jason, répondit une voix de garçon bourrue au bout du fil.

Olivia releva la tête de l'épaule de Nate et éloigna le téléphone de son visage. *Qui ?*

Elle jeta un œil au profil de Nate. Il commençait à piquer du nez ; elle voulait le prendre dans ses bras et glisser ses mains sous sa chemise, rien que pour sentir sa peau chaude sous ses doigts.

— Allô ? Olivia ?

La voix de Jason gueula dans le téléphone de Serena. Olivia referma le portable d'un coup et le balança sur le siège passager.

— Olivia ! la réprimanda Serena.

Les deux filles pouffèrent et se regardèrent d'un air entendu dans le rétroviseur.

Nate s'agita.

— Qu'y a-t-il de si drôle ? marmonna-t-il, décuplant leurs rires.

Puis Olivia se retourna et le surprit en train de la regarder fixement. Mais avant qu'il ne puisse détourner les yeux, gêné, elle le gratifia d'un battement de paupières, du clin d'œil le plus sexy et le plus inattendu qu'il ait jamais vu.

— Je peux avoir une cigarette ? finit-elle par lui demander en mordant doucement sa lèvre inférieure brillant de rose.

— Bien sûr.

Il chercha son paquet dans sa poche. *Tout ce que tu veux.*

Waouh.

Le soleil avait dû se lever pendant les quatre minutes qu'il leur fallut pour traverser le Midtown Tunnel et entrer en ville : le ciel était pourpre foncé quand Serena les conduisit dans l'entrée béante du tunnel et, quand le petit roadster ressortit dans les rues de Manhattan, le soleil s'était levé, les voitures klaxonnaient et il commençait déjà à faire chaud.

Nate tâchait de faire preuve de discrétion quand il matait Olivia, ce qui était difficile car elle était si proche de lui qu'il pouvait presque la sentir, pouvait imaginer le poids de son corps contre le sien si par hasard elle piquait du nez, pouvait faire apparaître comme par magie la douce sensation de ses lèvres et de sa langue sur la sienne, au cas où ils commenceraient à s'embrasser sur la banquette arrière.

Arrête. Concentre-toi.

— Amène-nous au centre-ville, dit Nate en croisant le regard de Serena dans le rétroviseur.

Savait-elle à quoi il pensait ? Avait-elle vu quelque chose ?

Non qu'elle ne soit pas suffisamment cool pour faire une réflexion.

— À vos ordres, mon capitaine.

Serena tourna à droite dans FDR Drive, si abruptement qu'elle projeta violemment Nate et Olivia sur la gauche.

— Ne nous tue pas !

Olivia plaça ses cheveux décoiffés par le vent derrière ses oreilles.

— Ne t'inquiète pas, dit Nate en serrant affectueusement son genou gauche pour la rassurer.

Olivia leva les yeux sur lui, des yeux vitreux et ensommeillés mais toujours du même bleu étincelant.

Elle sourit et posa la tête sur son épaule sans le quitter du regard.

Nate lui rendit son sourire ; il se sentait bête et un peu gêné comme s'il avait de nouveau quinze ans. Il se perdit dans la sensation du vent dans ses cheveux, le raclement de la route sous lui, l'odeur de la fille qu'il aimait contre lui. Il fallut dix minutes à Serena pour traverser comme une flèche les bouchons de début de matinée sur l'autoroute et cinq pour naviguer dans les rues sinueuses du centre-ville avant d'arriver aux docks de Battery Park, où le capitaine Archibald amarrait le *Charlotte*.

— Nous y sommes, les enfants ! annonça Serena en jouant la maman et en garant la minuscule voiture sur une place de parking au bord du trottoir. (Elle coupa le moteur.) Prêts à prendre le large ?

Nate ouvrit la portière et descendit non sans mal de la banquette arrière. Il respira le méli-mélo d'odeurs d'embouteillages, d'eau salée et d'asphalte chaud ; c'était un mélange de tout ce qu'il aimait – la ville, surtout tôt le matin, et le bord de mer, où il avait passé les semaines les plus heureuses de sa vie. Peut-être était-il resté coincé trop longtemps sur la minuscule banquette arrière du roadster, ou peut-être était-il tout simplement excité à l'idée d'entreprendre une croisière illégale, mais, quelle qu'en soit la raison, il se mit à courir, à esquiver les piétons, et sauta par-dessus le portail bas qui séparait les docks de la rue. Les semelles en caoutchouc de ses tongs claquaient bruyamment sur les planchettes de bois sombre du ponton. Son cœur battait à tout rompre : cela se passait pour de bon, cela se passait enfin – l'été commençait enfin. Une fois qu'Olivia et lui monteraient à bord du bateau, tout changerait.

— Monsieur ? Monsieur ? (Un employé en uniforme

descendait la jetée en courant vers Nate et agitait les mains en l'air au-dessus de sa tête, comme si des abeilles l'attaquaient.) C'est une propriété privée, monsieur, vous allez devoir partir.

— Je cherche mon bateau, expliqua Nate en passant en revue la forêt de mâts à la recherche de son profil familier. (Il avait aidé son père à le construire – il reconnaîtrait le bateau n'importe où.) Le *Charlotte*. Il doit être dans le coin. Je veux le faire sortir.

— Le *Charlotte* ? (Le docker, un étudiant qui avait l'air plutôt cool, regarda fixement Nate, clairement confus.) Le bateau des Archibald ?

— Ouais. (Nate hocha la tête et jeta un œil derrière lui. Olivia et Serena, perchées sur le portail de sécurité, balançaient les jambes dans le vide, en riant de quelque chose.) C'est le bateau de ma famille. Pourriez-vous me donner le numéro de cale ?

— Désolé, mec. (L'employé secoua lentement la tête.) Il n'est pas là. Le capitaine Archibald est parti à Newport début juin, il m'a dit qu'il avait l'intention de l'y laisser pour la saison.

Merde. Nate regarda le docker en fronçant les sourcils, puis reposa les yeux sur Olivia. Elle battait de ses petites jambes bronzées lorsqu'un coup de vent brusque venant de l'eau fit se relever sa robe vaporeuse autour de sa taille. En dessous, elle portait une culotte en coton rose clair. Il parvint tout juste à distinguer les petits pois blancs qui la décoraient.

Oublié le bateau : pour l'instant, tout ce qu'il désirait, c'était s'allonger à côté d'elle, lui prendre la main et ne plus jamais la lâcher.

*quand la vérité fait son coming-out et **d** aussi*

« Couilles. Couilles. Couilles. »

Dan grommela et se retourna dans son lit, dans les draps doux jadis blancs et à présent maculés de taches de café et de nicotine. « *Couilles*? » Transpirant abondamment, il balança la tête de part et d'autre.

— On est réveillés, là-dedans? (Rufus Humphrey, le père de Dan, éditeur excentrique et tapageur de petits poètes beatniks obscurs, frappait à sa porte en insistant.) Courrier! Courrier! Tu m'écoutes?

« Courrier! »

Dan s'assit bien droit dans son lit. *Courrier, idiot, pas couilles.*

— Je suis réveillé, annonça-t-il d'une voix tremblante.

— Rappelle-moi qu'il faudra que je te parle du monde et de ceux qui se lèvent tôt!

Rufus entra en trombe d'un air décidé dans la chambre de son fils, vêtu d'une tenue de fou typique : un pantalon de menuisier éclaboussé de la même peinture blanchâtre minable qui recouvrait les murs de l'appartement – ce qui lui donnait environ dix-neuf ans – et la veste officielle que portait l'équipe de *Diamants sous canopée* qu'il avait dû piquer dans le linge sale de Vanessa. Elle était dézippée et révélait un torse couvert de poils gris semblables à de la fourrure. Il tenait un gros carton que quelqu'un avait fermé au hasard avec de la ficelle, du papier de boucherie, du papier bulle et deux sortes de Scotch. Le mot FRAGILE était griffonné partout sur le carton en cinq langues différentes. Rufus fit tomber le paquet sur le lit.

— Tu as du courrier.

— Nom de Dieu! (Dan ramassa le carton disgracieux. Il aurait pu le jeter en l'air tellement il était léger.) On dirait qu'il n'y a rien à *l'intérieur*.

— Ouvre-le, ouvre-le! le pressa Rufus. Ta sœur l'a envoyé de là-bas et les frais de port n'ont pas dû être donnés, alors j'imagine qu'il y a quelque chose de bon à l'intérieur.

— Bien sûr.

Dan se mit à tirer sur la ficelle.

— Je ne t'ai pas entendu rentrer hier soir. (Rufus le gratifia d'un grand sourire.) J'imagine que ta première réunion s'est plutôt bien passée, non? Veillé tard, débattu des mérites des petites pièces de Shakespeare, pas vrai?

— Quelque chose comme ça.

Dan creusa une autre couche de papier avant d'atteindre enfin les rabats du carton. S'il y avait eu des débats la nuit précédente, il n'en gardait aucun souvenir. Il avait du mal à se rappeler quoi que ce soit, à part la sensation de la langue de Greg sur la sienne et le duvet des poils de son visage sur sa propre barbe de plusieurs jours.

Beurk.

— Je me souviens de l'époque où je faisais des salons. (Rufus se jucha sur le rebord de fenêtre et regarda son fils fouiller au fond du carton. Il en sortit plusieurs poignées de journaux froissés.) Nous nous amusions comme des fous, à l'époque.

— Ce n'était pas si fou, répondit Dan, sur la défensive.

Enfin, sa main attrapa quelque chose de ferme, perdu dans la bouillie de papiers. Il empoigna fermement l'objet étroit et le tira, puis le fit surgir d'un coup et le carton vide tomba par terre, inondant l'appartement de boules de papier.

Rufus rit.

— Dommage. Vous les jeunes! Pas de passion, pas de cran. Je me souviens quand j'avais votre âge, mes amis et moi nous allions aux lacs, en Nouvelle-Angleterre. Campions, écrivions des poèmes, passions toute la nuit à parler.

Dan écouta à moitié tout en considérant l'objet dans ses mains : il devait mesurer soixante centimètres et était bien emmitouflé dans du papier bulle et du Scotch marron. Il arracha l'emballage avec les doigts, repassant anxieusement en revue les événements de la nuit précédente. Jusqu'où était-il allé avec Greg, au juste? Comment était-il rentré chez lui? Il n'avait presque pas de souvenirs de s'être mis au lit. Et il s'était réveillé dans son boxer Gap rouge préféré – le portait-il hier? Il n'en gardait aucun souvenir.

Rufus poursuivit, le regard absent :

— Je me souviens de cet après-midi, au lac, où les choses sont devenues vraiment chaudes. Nous nous baignions tous à poil et j'avais une discussion passionnée avec Crews Whitestone – tu sais, le dramaturge. Nous nous querellions sur la nature élémentaire de la vérité et les choses se sont échauffées, tu ne le croirais pas, et peu après nous roulions sur la plage, nous luttions corps à corps par terre, chacun essayait de faire admettre à l'autre que son concept de vérité était le meilleur.

Dan n'écoutait qu'à moitié le baragouin pornographique de son père. Il avait trouvé un trou dans le papier bulle qu'il déroulait autour du long truc en céramique.

— Ouais, tes petites réunions littéraires aujourd'hui sont probablement plus dignes, non ? poursuivit Rufus. Mais c'était comme ça que l'on était bien : nus, pleins de vie, on se bagarrait pour la vérité. Dieu, c'était le bon temps !

Tâchant de faire la sourde oreille à ce que racontait son père, Dan jeta l'emballage en excès et examina le récipient dans ses mains : c'était une longue colonne creuse et fuselée, en céramique blanche, recouverte d'un vernis doux et alléchant. Elle devait mesurer quarante-cinq centimètres et, comme le haut était ouvert, ça devait être un vase. À la base se trouvaient deux petites pièces rondes, une de chaque côté, qui aidaient à stabiliser la grande hampe centrale. C'était un vase. C'était quelque chose. C'était, eh bien… c'était un pénis joliment verni.

C'était *ça*, l'idée de cadeau de sa sœur ? Il posa le vase – ou quoi que ce fût – sur la table de nuit et le scruta avec méfiance.

— Eh bien, je reconnaîtrais cela n'importe où, gloussa Rufus, interrompant ses réminiscences. (Il prit le vase et le caressa délicatement.) Tu sais qui l'a fait, n'est-ce pas ? Ta mère. C'est son œuvre.

— Vraiment ?

Dan reprit le vase à son père et le regarda de plus près. Peut-être s'était-il trompé ; peut-être cela était-il un vaisseau spatial en plein vol ou un alien, ou peut-

quand la réalité dépasse la fiction

— Tourne la tête, à gauche, d'un tout petit centimètre... un autre centimètre.

Vanessa s'exécuta et tourna la tête légèrement à gauche pour que Bailey Winter puisse voir son profil sans entrave.

— Juste ciel, comme il est délicieux!

Bailey ne parlait à personne en particulier et griffonnait frénétiquement dans son carnet à dessins en crocodile, brandissait son crayon et tournait les pages comme un fou.

— Oui, oui, Vanessa, ma chérie, c'est ça, tu as tout bon, vraiment. Gisele, Kate et ces petites mésanges vont voir à qui elles ont affaire, pas vrai, ma toute belle? Hummm!

N'écoutant qu'à moitié et ignorant qui étaient Gisele et Kate, Vanessa s'amusait avec la caméra perchée sur ses genoux comme un chaton. Elle était étendue sur un long divan de pierres, recouvert d'une telle quantité de coussins et de jetés de fourrure qu'il était hyperconfortable, mais trop chaud pour un après-midi de juillet, et offrait une belle vue de la piscine. Elle observa Chuck Bass folâtrer dans le petit bassin dans un maillot de bain à l'européenne imprimé de fleurs qui ne laissait rien à l'imagination, tandis que son singe, perché sur le plongeoir, mangeait un bol de raisins.

Comme c'est érotique.

Elle n'était pas censée trop s'amuser avec sa caméra, sinon elle ne verrait rien par le viseur, mais elle était sûre et certaine que c'était de l'or filmique : il y avait Chuck qui barbotait dans l'eau qui lui arrivait à la taille et papotait dans son oreillette Bluetooth, tandis que son singe mâchait bruyamment en arrière-plan. Derrière lui, Stefan, le domestique maigrichon, balayait le chemin dallé qui menait des courts de tennis à la résidence principale, tout en essayant de ne pas donner de coups accidentels aux cinq carlins pourris gâtés qui attaquaient le balai, furieux. De temps en temps, elle faisait glisser sa caméra sur ses genoux pour voir Bailey Winter dans l'objectif, qui portait un ensemble kaki de petit garçon *vintage* – short et tout et tout – qu'il avait reconfectionné pour l'adapter à son tour de taille. Tout cela l'inspirait pour réaliser un documentaire stupéfiant.

— Laisse ta caméra tranquille, darling, gloussa Bailey d'un ton désapprobateur.

Vanessa lui adressa un sourire placide et braqua de nouveau la caméra vers la piscine, là où ça se passait. Elle laissa négligemment vagabonder ses pensées sur le tourbillon de ces dernières semaines. Elle était passée de protagoniste hollywoodienne à domestique sans amis dans les Hamptons à fille entretenue. Tout était très excitant, en un sens, mais le fait était que cela lui manquait de n'avoir personne avec qui le partager.

Vanessa se surprit elle-même quand elle s'aperçut qu'elle ne regardait pas seulement dans le vide, mais qu'elle admirait le torse parfaitement musclé de Chuck, la petite ondulation dans ses muscles quand il passa les doigts dans ses cheveux foncés-humides-mais-parfaitement-décoiffés. Oubliant une minute tout ce qu'elle savait sur ce type, tous les échanges qu'elle aurait pu avoir avec lui et toute rumeur dégueulasse qu'elle aurait préféré ignorer, elle désirait tendre le bras et… le toucher. Elle s'humecta involontairement les lèvres.

— Ça y est! (Bailey Winter jeta son crayon dans la piscine et en prit un autre.) Tu es magnifique. Tu as l'air satisfaite et affamée à la fois. Comme si tu étais prête à prendre un dessert, bien que tu viennes de manger le repas le plus délicieux au monde!

Vanessa rougit, embarrassée, puis se rappela qu'elle n'admirait pas forcément Chuck Bass, mais seulement ses divers attributs physiques. En vérité, son genre était un peu plus mince et moins bronzé que Chuck. Penser à Dan fit brusquement se rabaisser les commissures de ses lèvres.

— On lève le menton, chérie! Où est passé ce sourire?

Bailey Winter frappa une fois, deux fois, trois fois dans ses mains, comme une pom-pom girl en pleine démence.

Vanessa tâcha de faire apparaître un sourire sur son visage, mais, quelque part, penser à Dan avait tout gâché. Il lui manquait. Et le torse costaud de Chuck ne pouvait pas remplacer l'amour. Elle soupira, fit un panoramique sur la pelouse vert émeraude de la propriété. Une fois encore, il ne lui restait plus que son art.

Elle braqua de nouveau la caméra sur Chuck, à présent adossé au bord de la piscine, qui discutait avec Stefan. Sweetie faisait des petits bonds derrière lui, embêtant les carlins en colère qui aboyaient.

— Les filles! S'il vous plaît! Du calme! (Bailey fourra ses doigts dans sa bouche et émit un sifflement étonnamment fort et strident.) Papa travaille ! Je ne peux pas me concentrer avec tout ce boucan !

— Désolé, Bailey. (Chuck se retourna et lui fit un grand sourire derrière son épaule.) Je vais m'assurer que Sweetie ne les embête pas.

— Que fiche ce monstre pestiféré dans ma piscine, d'ailleurs ? cria Bailey d'une voix grinçante, sa peau bronze devenant écarlate.

Vanessa braqua la caméra de l'autre côté de la piscine et comprit immédiatement ce que faisait l'animal pestiféré : le crayon qu'avait jeté Bailey n'était pas la seule chose à flotter à la surface.

— Dites-moi que ce n'est pas ce que je crois !

À présent, Bailey hurlait.

— Je suis désolé, Bailey. (Chuck barbota jusqu'à la merde incriminée.) Parfois, Sweetie ne sait pas se retenir.

— Dehors ! Dehors ! Il est hors de question que vous transformiez mon sanctuaire en égout. Nous sommes à East Hampton, pas à Calcutta !

Vanessa se releva du divan et se servit de ses deux mains pour stabiliser la caméra pendant qu'elle faisait un zoom rapide. C'était une *mine d'or* filmique.

Ouais, ou une mine terrestre.

```
Air mail. Par avion. 12 juillet.
Chère Jenny,
Je suis gay.
Affectueusement,
Dan
```

retour dans le passé

— On est à la maisooooon !

La voix de Serena résonna dans l'entrée et dans l'appartement de ses parents, qui, elle le sut dès qu'elle ouvrit la porte, était vide. Il y régnait l'obscurité, le calme et la froideur d'une maison où il n'y a personne, ce qui était à peine surprenant dans la mesure où ses parents passaient plus de temps en dehors du pays que pelotonnés sur le canapé. Elle ne se souvenait pas de la dernière fois où elle les avait vus lovés ainsi.

— Ouh là là, il faut que j'aille faire pipi ! lança Olivia.

Elle la bouscula et fila tout en allumant les lumières – l'appartement de luxe de son amie lui était aussi familier que le sien. Elle disparut dans la longue galerie et fila tout droit dans la chambre de Serena. Nate, qui les suivait en traînant les pieds, referma la porte un peu trop bruyamment. Les pièces sinistrement calmes amplifièrent le claquement.

— Désolé.

Il adressa un sourire du coin des lèvres à Serena.

— Ce n'est rien. (Elle jeta ses clés sur la console en acajou, où elles atterrirent dans un cliquetis.) Trouvons quelque chose à manger.

Elle conduisit Nate à travers l'appartement et lui fit passer la porte battante de la cuisine.

Elle regarda d'un air dubitatif dans le frigo Sub-Zero presque vide et envisagea les choix qui s'offraient à eux.

— Nous avons des olives, annonça-t-elle. Un sachet de petites carottes. Il doit y avoir du fromage. Tu dois pouvoir trouver des crackers quelque part. Je ne sais pas où la nouvelle femme de ménage range tout.

Comme *c'est* difficile de trouver une bonne femme de ménage.

— Je m'en charge, proposa Nate.

Il se rua vers le garde-manger et se mit à le piller, prit des bocaux et des récipients qu'il déposa sur le comptoir en travertin dans un grand bruit.

— Je fais le plein de provisions, j'imagine.

S'ils étaient rentrés chez les van der Woodsen, c'était uniquement pour pieuter avant de partir en virée à la recherche du *Charlotte*, et aussi pour faire le plein des basiques : vêtements et picole.

Serena se dirigea vers le meuble où ses parents rangeaient les boissons alcoolisées et qu'ils n'avaient jamais eu la prévoyance de fermer à clé. Elle déposa les bouteilles de Grey Goose, de Hendrick's, de Havana Club et de Patrón dans son fourre-tout Hermès. Dévaliser la cachette de ses parents pendant que Nate et Olivia traînassaient chez elle lui rappelait une époque depuis longtemps révolue. Rien n'avait changé et pourtant tout avait changé. Cette pensée l'attrista subitement.

Nous sommes tous un peu lunatiques à l'approche de notre anniversaire.

Serena entra à pas de loup dans la bibliothèque de son père et s'affala dans sa chaise tournante Aeron. Elle attrapa le téléphone sur son bureau et composa l'un des rares numéros qu'elle avait mémorisés.

— Allô?

La voix de son frère Erik était très méfiante. Il était six heures du matin, après tout.

— C'est moi.

Serena se laissa aller en arrière et posa ses pieds nus sur le vieux bureau en acajou.

— Merde, Serena! Le numéro de la maison s'est affiché – j'ai eu peur!

Son frère rit.

— Ils ne sont pas là.

Elle regarda les murs recouverts de livres, examina les photos encadrées d'Erik qui jouait au tennis, d'elle qui chevauchait un cheval noir, de ses parents bronzés qui sirotaient un Campari-soda à une terrasse de café sur la côte d'Amalfi.

— Wimbledon, firent Serena et son frère en chœur.

— Ils sont tellement prévisibles! railla Erik. Que fais-tu à la maison, au fait?

— Je mets au point une petite escapade d'été. Me suis dit que j'allais appeler mon frère. Et où es-tu au juste?

— Connecticut. Je pensais que papa appelait pour me dire qu'ils passaient.

Par les portes-fenêtres, Serena jeta un œil dans le salon, où Nate pourchassait Olivia autour d'une ottomane en cuir boutonné et essayait de mettre des cornichons dans ses oreilles.

— On va faire une virée en voiture, lui annonça-t-elle. Tu veux venir? On a de la place pour une personne.

Et peut-être n'avait-elle pas envie d'être la cinquième roue du carrosse?

— Tentant. Mais je suis plutôt en train d'essayer d'émerger. Et si vous vous arrêtiez à Ridgefield ?

Elle fit une rapide planification mentale – ils pourraient pieuter ici aujourd'hui, puis prendre la route demain. Ensuite, elle arriverait peut-être à convaincre Olivia et Nate de passer une nuit à Ridgefield et espérons que quelqu'un se souviendrait que le lendemain, c'était son anniversaire.

— Je pense que l'on pourra arranger cela.

Serena dit au revoir à son frère et reposa le téléphone sur le bureau de son père. Elle jeta un œil au placard et se demanda comme ça en passant si ses parents avaient planqué un cadeau d'anniversaire surprise pour elle quelque part dans l'appartement.

Les surprises, n'est-ce pas toujours ce qu'il y a de plus drôle ?

Olivia bâilla – le genre de gros bâillement que vous sentez parcourir tout votre corps – et passa avec acharnement la brosse Mason Pearson de Serena dans ses cheveux. Elle n'avait jamais été du genre à se donner mille coups de brosse avant de se coucher, mais ça ne pourrait pas lui faire du mal. Il n'était que huit heures du matin et le soleil entrait à flots par la fenêtre, mais elle avait l'impression que cela faisait des années, et non des heures, qu'elle n'avait pas eu de véritable nuit de sommeil.

— Je n'arrive pas à croire que je suis aussi crevée, dit Serena en s'effondrant sur toute la largeur de son lit, bras et jambes étendus autour d'elle.

— Ouais.

Nate hésita au pied du lit, jetant un coup d'œil à Olivia, debout près du miroir, puis à Serena allongée sur le ventre devant lui.

— Je suis morte. (Serena déboutonna son jean qu'elle ôta en se contorsionnant sans se lever.) Je n'ai même pas la force de me mettre sous la couette.

Olivia jeta un coup d'œil aux longues jambes fuselées de son amie, puis à Nate qui regardait ces mêmes jambes. Elle sentit une pointe de jalousie familière dans sa poitrine. Elle aimait et jalousait Serena depuis qu'elle la connaissait, en gros depuis toujours. Mais les choses changeaient enfin. L'année avait été émaillée de tant de hauts et de bas, mais c'était enfin l'été, elles entraient à Yale ensemble à l'automne, et elles avaient toute la vie pour rester les meilleures amies du monde. Et elle avait Nate, à côté d'elle.

Et *maintenant* qui oublie quelqu'un?

Olivia ôta par la tête le polo Lacoste rose clair qu'elle avait emprunté, puis passa les bras dans son dos pour dégrafer son soutien-gorge qu'elle laissa tomber par terre avec désinvolture.

— Nate, je peux dormir dans ton T-shirt? demanda-t-elle d'un ton timide.

— Bien sûr, acquiesça-t-il, enthousiaste, en essayant de ne pas la regarder.

Il ôta son T-shirt en coton et le lui lança.

Elle l'enfila par la tête et s'arrêta sous le T-shirt pour respirer son odeur entêtante : ses aisselles et sa lessive, un soupçon d'odeur de hasch et de dentifrice.

Si bon que l'on en mangerait.

Quand elle passa la tête par l'encolure encore chaude du T-shirt, Nate avait ôté son treillis et s'était pieuté sur le lit à côté de Serena, en boxer orné de palmiers marrants qu'Olivia était certaine de lui avoir offert.

Elle éteignit la lumière dans la chambre. Le soleil estival du matin se déversait par la fenêtre et illuminait le corps de ses amis. Elle se dirigea au pied du lit et se cala délicatement entre Serena, qui dormait déjà, ses respirations longues et étouffées comme celles d'un bébé, et Nate, presque nu.

— 'nuit, murmura Nate.

— 'nuit, répéta-t-elle doucement.

Le cœur battant à tout rompre, Olivia se sentit brusquement complètement éveillée. Elle scruta les pans du plafond délicatement moulés et crénelés, tout en écoutant le doux ronflement de sa meilleure amie, et tâcha d'ignorer la peau douce de son autre meilleur ami – le seul garçon qu'elle avait jamais aimé – dont le bras effleurait légèrement le sien. Comment pourrait-elle donc s'endormir ?

Puis elle sentit des doigts traîner sur son bras, si délicatement que cela la chatouilla. La main de Nate glissa sur son poignet, puis dans sa paume qu'il serra affectueusement.

Elle poussa un soupir, comme si elle expirait quelque chose qu'elle avait en elle et dont elle ignorait l'existence. La frustration, la jalousie, l'inquiétude quant à ce qui se passerait ensuite. Elle se tourna vers lui, mais ses yeux étaient fermés, et bien vite, ce furent les siens. Et ils dormirent ainsi, toute la journée et la nuit suivante.

 gossipgirl.net

thèmes ◄précédent suivant▶ envoyer une question répondre

Avertissement : tous les noms de lieux, personnes et événements ont été modifiés ou abrégés afin de protéger les innocents. En l'occurrence, moi.

Salut à tous !

Vous savez qui j'ai toujours plaint ? Ces gosses qui fêtent leur anniversaire en plein été. Ils n'ont jamais eu l'occasion d'organiser des soirées-glace au Serependity, parce que tous leurs amis étaient partis en camps de vacances ou passaient la saison à Amagansett. Ils n'ont jamais eu l'occasion d'apporter de petits gâteaux Magnolia pastel glacés à la crème au beurre à toute la classe. Ils n'ont jamais eu l'occasion d'organiser ces goûters tant convoités au Plaza avec leurs meilleurs amis. Tout cela parce qu'ils ont eu le malheur de naître durant les trois mois de l'année au cours desquels la dernière chose à laquelle tout le monde pense, c'est leur anniversaire. Nous ne sommes pas égoïstes *intentionnellement*, c'est… dans l'air, voilà tout. Mais ce n'est pas pour autant que nous ne nous sentons pas morveux. Vraiment. Donc, ceci est pour vous, anniversairées…

Les trois meilleures façons de dire : *Je suis désolée, j'ai oublié ton anniversaire pendant que je faisais des câlins avec mon mec de l'été incroyablement beau gosse* :

1) Emmenez-la chez Barneys et laissez-la utiliser votre carte de crédit autant de minutes qu'elle a d'années. Quand votre mère recevra la facture, trinquez pour elle, c'est à cela que servent les amies.

2) Présentez vos excuses pour avoir été davantage intéressée par votre aventure d'été que par son rite de passage, et invitez-la à se joindre à vous et à votre nouveau petit copain pour une sortie à deux couples, avec son petit frère qui louche légèrement, mais qui est si mignon.

3) C'est l'été, souvenez-vous, et entretenir tout votre corps est plus important que d'habitude. Lâchez-vous et offrez-lui la totale dans un spa Bliss – et pas uniquement la pauvre manucure-pédicure que vous a offerte tante Susie, s'il vous plaît – pour que votre meilleure pote puisse être aussi bronzée, épilée et bichonnée que vous l'êtes déjà.

VOS E-MAILS :

Q: Chère GG,
J'ai peur d'être en train de devenir homo. Sais-tu s'il existe des signes annonciateurs ?
— Blue Boy

R: Cher BB,
il existe une flopée de signes annonciateurs :
1) Tu parles de choses « fabuleuses » ou « géniales » et tu as employé le mot « *efféminé* » ces dernières vingt-quatre heures.
2) Ta meilleure amie est une fille corpulente passionnée de théâtre.
3) Ta sonnerie de portable est une chanson de Gwen Stefani.
4) Quand il commence à faire chaud, tu préfères mater les skateurs torse nu que les filles qui bronzent seins nus à Sheep Meadow.

5) Tu écris à l'autorité compétente parce que tu veux qu'elle annonce la nouvelle que tu connais déjà, mais que tu n'arrives pas à admettre : tu es gay ! C'est bon ! Aime la vie. Aime les garçons. Aime-toi.
— GG

Q: Chère GG,
Plus une annonce qu'une lettre ; en fait : je vais organiser une grosse teuf dans ma maison de campagne pour les dix-huit ans de ma petite sœur. Si tu es dans le Connecticut ou en route pour une virée en bagnole, n'oublie pas de t'arrêter voir tes vieux amis qui passent l'été dans ce super État. Si j'en fais partie, tu figures carrément sur la liste d'invités.
— Soirée piscine dans le Connecticut.

R: Cher SPdlC,
Le Connecticut se trouve légèrement en dehors de mon rayon de soirées habituel, mais j'imagine que se rendre là-bas fait à moitié partie du plaisir – après tout, la virée en bagnole est une grande tradition américaine. Le vent dans tes cheveux, le soleil chaud sur le trottoir, la liberté d'aller dans la direction que tu as choisie – des sentiments que Jack Kerouac a inoubliablement immortalisés dans *Sur la route*. Bien que, honnêtement, la seule chose dont je me souvienne de ce livre, c'est de beaucoup de drogues et beaucoup de trucs faits au hasard. C'est ce qui s'appelle suivre la route de briques jaunes[1] ! Mais si ta « teuf » est aussi énorme que tu le promets, je me réjouis de voir ta cité d'Émeraude. Ça fait aussi

---

1.« *Follow the Yellow brick Road. We're off to see the Wizard* », chanson tirée du *Magicien d'Oz*. *(N.d.T.)*

cochon que je le pense ? Oups ! Enfin bref, voilà, ta soirée est officiellement annoncée !
— GG

Q : Chère GG,
Je suis hyperpiteuse car mes parents disent que je dois trouver un petit boulot cet été. Mais en y réfléchissant, je me suis dit que le boulot ne craignait pas obligatoirement – *tu* as le job le plus cool au monde ! Donc, je me demandais, prendrais-tu des stagiaires par hasard ?
— S'il te plaît embauche-moi !

R : Chère STPEM,
Merci pour les compliments et, crois-moi, tu n'as pas tort – *c'est* bien le job le plus cool au monde. Bien que, en vérité, je ne le considère pas vraiment comme un boulot, mais plutôt comme relevant du service public. Un peu comme être un superhéros : Bat Girl, Super Girl, Gossip Girl… tu vois le tableau ! C'est triste, mais il n'y a de la place que pour une seule Gossip Girl dans cet iBook. Bonne chance pour trouver un stage ailleurs ! Il paraît que *Vogue* embauche des spécialistes dans leur personnel de surveillance… Je plaisante !
— GG

FACTURES, FACTURES, FACTURES

Cet e-mail me fait penser que, pour certains malheureux, le terme « job d'été » n'est pas qu'un phénomène que l'on voit dans les films, mais une réalité quotidienne. Je suis de tout cœur avec vous, sérieux. Mais ce n'est pas *si* nul que ça. Voici quelques points positifs à garder à l'esprit quand vous pointerez :

1) Le meilleur moyen de rencontrer des gens, c'est au boulot, qu'il s'agisse d'un collègue mignon ou d'un client mignon (personne ne se souvient comment **D** a rencontré sa copine fana de yoga ? Laissez-moi vous dire que ce n'était pas en traînant dans un cours de Bikram…)

2) Quel meilleur moyen pour apprendre la valeur d'une dure journée de travail et ressentir la satisfaction de gagner votre argent ? Ha ! On raconte encore ces mensonges-là ?

3) Il paraît que le dur labeur permet de brûler des tas de calories !

Donc, STPEM, garde la tête haute et reste branchée ! C'est tout pour aujourd'hui, mes chéris. La petite abeille travailleuse doit retoucher son maquillage, recharger la batterie de son portable et faire ses bagages pour une petite virée en bagnole…

Vous m'adorez, ne dites pas le contraire,
gossip girl

d, encore dans tous ses états

— Davey, Humphrey, Bogart, enfin bref, quel que soit ton nom, accélère le mouvement !

Tous les managers du Strand avaient le même aboiement autoritaire qui ne manquait jamais de faire se tenir Dan un peu plus droit. Il regarda à droite et à gauche, mais fut incapable de dire d'où venait l'ordre.

— Vous attendez une invitation gravée, madame ?

Phil, un étudiant qui avait échoué au doctorat et qui adorait faire les après-midi, passa la tête derrière une vieille étagère en métal rouillé.

— Connard, marmonna Dan en poussant le chariot grinçant de livres à ranger en rayons.

Sensible comment ?

Les roues en caoutchouc craquelé grincèrent et claquèrent quand il poussa le chariot rouillé dans l'allée longue et étroite et passa devant les guides touristiques désuets. Il respira profondément et s'immergea dans le rythme familier qui consistait à choisir un livre, à déterminer le nom de famille de son auteur et à localiser son emplacement sur l'étagère. C'était un moyen sûr pour que son subconscient lui parle :

Baiser poilu – me brûle le menton,
Le sale goût d'absinthe dans ma gorge,

*Tout au fond de mon gosier, lèvres gercées et
Coups de poing dans le bide,
Virages sans visibilité et me voilà nulle part...*

Un gros livre qui glissa de son chariot interrompit son association poétique libre. Il se pencha pour le ramasser et lut le titre. *Tout ce que vous avez toujours voulu savoir sur les relations homosexuelles sans oser le demander*, par Melvin Lloyd et le Dr Stephen Furman.

Le dessin au trait sur la couverture brillante montrait deux silhouettes masculines en train de s'étreindre chastement. Comme des frères. Ou des joueurs de base-ball après un match. Rien d'anormal. Il jeta un œil autour de lui pour voir s'il y avait du monde dans le coin – comme d'habitude, personne ne s'intéressait aux guides touristiques sur la Nouvelle-Zélande édités dans les années 70 – et ouvrit le livre, tout en sifflant comme si de rien n'était.

Bien tenté.

Les pages glissèrent entre ses doigts et révélèrent d'autres dessins de types musclés dans diverses étreintes, bras et langues positionnés çà et là. Il y avait un certain nombre de points importants et une liste de choses à faire et à ne pas faire. Il feuilleta le livre, le cœur battant à toute rompre, ne lisant que des morceaux de phrases comme : « Introduisez votre langue » et « Certains partenaires trouvent utile de se servir du coude » ou « N'oubliez pas de vous brosser les dents ».

Marquant une nouvelle pause pour s'assurer qu'il était seul, Dan passa directement à la fin du livre, où le papier plus lourd signifiait une seule chose : des photos. Et il les vit, dans toute leur splendeur et en couleurs : deux hommes, exécutant ce qui, à première vue, ressemblait à un exercice de gymnastique.

Dan eut brusquement la gorge très sèche. Il referma le livre d'un coup et le fourra tout au fond de la pile. Il n'avait jamais eu autant besoin d'une cigarette de toute sa vie.

Respire, respire.

Tremblant légèrement, il tira très fort sur sa Camel bien-aimée et s'éloigna du Strand. Il avait besoin de marcher pour purger son esprit des images mentales de ces deux catcheurs aux cous épais dans des postures inimaginables. Non pas que les homos lui posent de problèmes en particulier, pas du tout. *Ils sont beaux, ils sont homos, c'est fabuleux.* Mais il y avait certaines choses que l'on ne devait tout simplement pas faire avec son corps. Comme courir. Et faire du yoga. Et… quel que soit le nom de la chose qu'il venait de voir dans ce livre.

Yoga. Il avait goûté à ce truc – jamais il n'avait autant contorsionné son corps en une forme qui ressemblait à ce que faisaient les types dans le livre et il n'avait pas envie de se retrouver dans ce genre de position de sitôt. La seule raison pour laquelle il avait pris la peine de faire du yoga, pour commencer, c'était à cause d'une fille. Il était tellement fou de Bree qu'il avait expérimenté un tas de choses démentes : yoga, course à pied, jus de fruits bio. Peut-être se passait-il la même chose avec Greg? Il n'avait jamais rencontré personne qui aime autant les livres que lui. Peut-être mélangeait-il tout? Peut-être était-ce tout bêtement ce que son père lui avait dit : qu'il transférerait sa passion pour les livres sur leur amitié?

Ouaip – tel père quasi gay, tel fils quasi gay.

Esquivant les trottoirs d'été noirs de monde, Dan écrasa sa cigarette par terre et fourra les mains dans les poches de son pantalon de velours côtelé marron effiloché. *Tu ne peux pas être gay.* L'image de Bree nue et luisant de sueur dans ce studio de yoga surchauffé surgit dans sa tête et, d'un seul coup, il se sentit légèrement essoufflé. Légèrement étourdi. Quelle était cette sensation? Elle lui était familière et étrangère à la fois. Et il ressentait autre chose aussi – il bandait. En plein jour, comme un gamin. En regardant son érection, il ne put s'empêcher de sourire. C'était la meilleure qu'il avait jamais eue! Imaginer Bree, sa peau nue humide de sueur alors qu'elle arquait le dos et posait ses paumes par terre, était ce qui faisait battre son cœur à tout rompre!

Il alluma une autre cigarette pour fêter le fait qu'il avait trouvé une preuve biologique qui démontrait que lui, Dan Humphrey, n'était assurément pas gay. Il dut s'empêcher de faire des bonds en l'air et de claquer des talons.

Oh, et *cela* n'est pas gay du tout!

le spectre du lycée

— Des filles ! Voilà les filles ! cria un type que Serena ne reconnaissait pas.

Il descendit en titubant les marches de pierre menant du hall d'entrée à l'allée en serrant bien fort l'une des vieilles flûtes à champagne en cristal de sa mère. Il leva le verre en guise de salutation quand elle sortit de l'Aston Martin et renversa du champagne partout sur les marches.

— Mec, c'est ma sœur.

Erik van der Woodsen écarta de son chemin le mec qui titubait et courut vers Serena. Il portait une chemise en oxford bleu vichy froissée, dont les trois premiers boutons étaient défaits, et un treillis dont les revers commençaient à s'effilocher. Ses cheveux blond clair étaient ébouriffés et ses immenses yeux bleus injectés de sang, mais il était beau, comme toujours.

— Bijour, frangine !

— La soirée a commencé, à ce que je vois, observa Serena en serrant son frère bien fort, tout excitée. Au cas où tu aurais oublié, mon anniversaire, ce n'est pas avant demain.

— On n'a dix-huit ans qu'une fois dans sa vie ! (Il la prit dans ses bras et la souleva du sol sans problème.) Presque joyeux anniversaire !

— C'est pour moi ? demanda Serena, un sourire s'étalant sur son visage.

D'accord, ce n'était pas tout à fait l'idée *qu'elle* se faisait d'une fête d'anniversaire, mais c'était mignon de la part de son frère de s'en être souvenu. Même si ce n'était probablement qu'un prétexte bien pratique pour organiser une grosse fiesta.

Probablement ?

Derrière elle, Olivia et Nate descendirent de la banquette arrière d'un pas traînant. Serena s'était proposée pour prendre le volant, vu qu'elle connaissait le mieux la route et qu'Olivia conduisait comme un pied, mais étaient-ils vraiment obligés de s'asseoir derrière côte à côte *une fois de plus* ? Pour qui la prenaient-elles, pour le chauffeur ?

On dirait bien.

— Quoi de neuf, les gars ? dit Erik en les saluant.

— Hé ! répondit Nate en lui adressant un signe de tête. Bien joué, pour la fête ! J'ai failli oublier que demain c'est ton anniversaire, ajouta-t-il en se tournant vers Serena.

Olivia glissa sa main dans celle de sa meilleure amie.

— Que dirais-tu d'un cocktail d'après-midi approprié, anniversairée ?

Y en a-t-il un qui ne soit *pas* approprié ?

La scène qui se déroulait au bord de la piscine semblait tout droit tirée d'une comédie universitaire de dingues. Une tripotée de mecs apparemment ivres, en short de surf, plongeaient dans l'eau comme des boulets de canon et éclaboussaient leurs potes assis à côté. Une foule traînait près des immenses portes-fenêtres qui donnaient dans la bibliothèque – et dans le bar bien approvisionné. Et il y avait tellement peu de filles en vue – deux étendues sur des chaises longues près du plongeoir et trois qui riaient bêtement en s'adonnant à un jeu-beuverie – que, où qu'elles se rassemblent, un groupe de garçons tout baveux n'était pas loin. Quelqu'un avait branché un iPod sur la chaîne hi-fi des van der Woodsen, et le tambourinement persistant du dernier album des Arctic Monkeys emplissait l'air.

— Ça commence enfin à ressembler à des vacances d'été, observa Olivia.

Elle ôta ses tongs Prada en cuir blanc et posa les pieds sur le bord de la table de jardin en fer forgé. Elle fit tournoyer les glaçons dans son bloody mary d'un air distrait.

— Quelque chose comme ça.

Serena se laissa aller dans la chaise inconfortable, et parcourut des yeux la foule qui s'était soi-disant réunie pour son anniversaire. Les garçons étaient à peu près dix millions de fois plus nombreux que les filles, et si elle en reconnaissait quelques-uns – les anciens coéquipiers d'Erik au tennis, son coloc à Brown – elle ne vit pas beaucoup de visages familiers dans la foule. Elle avait beau être l'anniversairée, elle se demanda s'il y avait même quelqu'un qui savait qui elle était.

C'est son anniversaire et elle fera la tête si elle en a envie.

— Merde. (Olivia inclina la tête en arrière et vida son verre d'un trait.) J'imagine que j'avais soif. Tu en veux un autre ?

Serena secoua la tête et faillit renverser son Cosmopolitan intact.

— Ça va.

— Je reviens de suite.

Serena observa derrière ses lunettes aviateur Slima

en émail son amie se lever d'un bond et se diriger pieds nus vers le bar. Erik présidait derrière les bouteilles d'alcool alignées comme des soldats de plomb sur le bar en acajou sculpté dans un style recherché. Nate traînait en lisière de la foule, les mains dans les poches de son short de treillis usé. Serena l'observa faire comme s'il ne voyait pas Olivia fendre la foule pour le rejoindre.

Intéressant.

Elle s'était réveillée ce matin en entendant les gloussements d'Olivia, mais quand elle lui avait demandé ce qu'il y avait de si drôle, son amie avait soupiré et répondu : « Natie, c'est tout. » *Natie* ? Ensuite, dans la voiture, elle n'avait pas arrêté de les observer dans le rétroviseur, mais, chaque fois, Olivia se contentait de regarder tranquillement par la fenêtre, et Nate se reposait les yeux. Alors pourquoi se sentait-elle aussi... bizarre ?

Elle leva son verre et but une petite gorgée du cocktail acidulé, reconnaissant enfin quelqu'un dans la foule : un type large de poitrine aux cheveux bruns frisés était assis au bord de la piscine, les pieds dans l'eau. Une étincelle familière brillait dans ses yeux noisette quand il contemplait ce qui se passait autour de lui et tapait ses longs doigts fuselés sur le goulot de sa bouteille de bière. Une minuscule ébauche de sourire joua sur ses lèvres charnues, et Serena savait que derrière ces lèvres se cachaient deux rangées de dents blanches étincelantes. Elle revoyait très bien son sourire, elle entendait pratiquement le tremblotement dans sa voix quand il lui avait murmuré les mots qu'elle avait fuis. C'était la dernière fois qu'elle l'avait vu, il y a précisément un an.

Henry était bassiste dans l'orchestre de jazz de Hanover. Il était grand, mignon, avait des boucles foncées qui lui tombaient dans les yeux et un sourire malicieux. La chambre de Serena, dans leur résidence universitaire, se trouvait juste en dessous de la sienne et, tard le soir, elle faisait tomber ses cahiers par terre, et attendait qu'il fasse tomber quelque chose de lourd et de bruyant en guise de réponse. Parfois – en fait, souvent – ils traînaient sur le toit où ils buvaient du whisky et fumaient des cigares. Ils étaient bons amis, puis l'année s'était achevée et ils s'étaient retrouvés à Ridgefield ensemble – sa famille à lui y vivait toute l'année et Serena y passait l'été. La nuit précédant son dix-septième anniversaire, Henry et elle avaient veillé tard, bu et parlé, ils avaient terminé allongés sur le dos dans les courts de tennis, à attendre les étoiles filantes, et ils avaient fini par s'embrasser. Puis Henry lui avait dit : « Je t'aime. » Au lieu de le lui dire à son tour, Serena s'était enfuie dans la maison, avait réservé un vol pour Paris pour rejoindre son frère Erik en voyage, et n'avait plus reparlé à Henry. Non pas qu'elle ne l'apprécie pas, elle l'aimait bien, franchement. Mais on se méprend rarement en amour et, à cette époque, il y avait un seul garçon qu'elle aimait sincèrement. À cette époque et peut-être aujourd'hui, aussi…

Serena inclina son verre en arrière et en avala le contenu d'un coup, les mains tremblantes. *Il ne manquerait plus que je fasse une crise de nerfs la veille de mes dix-huit ans*, songea-t-elle.

— Salut, tu te souviens de moi ?

La voix d'Henry la fit légèrement sursauter.

— Je me demandais quand tu viendrais me dire bonjour.

Elle remonta les genoux contre sa poitrine et lui sourit.

— Je pourrais dire la même chose.

Les pieds de la chaise raclèrent bruyamment le béton quand il la tira pour s'asseoir.

— Tu es superbe.

— Merci.

Elle lui adressa un sourire timide et sirota son cocktail. Elle chercha nerveusement ses cigarettes, qui se trouvaient sur la table près du pied du gros parasol.

Henry lui alluma sa Gauloise tremblotante et en prit une pour lui dans son paquet. Serena souffla un long panache de fumée que la brise emporta.

— Que s'est-il passé, au fait? (Henry eut un sourire songeur en scrutant le visage de la jeune fille.) C'est vrai, tu es partie *comme ça*.

Serena détourna les yeux.

— Je t'ai envoyé plusieurs e-mails, poursuivit-il. Tu ne m'as jamais répondu... Et quand j'ai réessayé, ton compte à l'école était fermé.

— J'imagine que j'avais besoin d'être seule quelque temps pour mettre de l'ordre dans ma vie. Et ensuite je suis retournée en ville. (Elle attrapa une mèche derrière son oreille, avec laquelle elle joua d'un air distrait en souriant tristement.) C'est une longue histoire.

Une histoire qu'elle ne comprenait même pas. Et dont elle n'avait parlé à personne.

Ah bon?

Serena regarda par-dessus l'épaule d'Henry la foule de fêtards: certains prenaient le soleil à moitié nus, d'autres dansaient sur des rythmes absolument pas appropriés à la musique. Et il y avait Olivia, qui sirotait un autre bloody mary et qui souriait timidement à Nate, lequel se cramponnait à une bière et affichait un grand sourire idiot. Serena jeta un œil à Henry. On aurait dit qu'ils avaient tous fait un bond dans le passé: Nate et Olivia, qui l'ignoraient complètement, et Henry qui la dévorait des yeux depuis l'autre bout de la table, comme si rien n'avait changé.

— C'est ma fête d'anniversaire, tu sais, dit-elle enfin.

— Tu croyais que je ne le savais pas ? (Henry tendit la main et prit la sienne avec ses doigts de musicien légèrement calleux.) C'est pour cela que je suis venu. C'est notre anniversaire de rencontre.

Serena déglutit.

Joyeux anniversaire !

en coulisses

« Et maintenant, nous nous trouvons dans la volière », cria Vanessa pour se faire entendre par-dessus les gazouillements et les cris des oiseaux aux couleurs vives qui tournoyaient comme des fous dans la pièce clôturée de verre. Elle stabilisa sa caméra et pivota sur elle-même pour avoir une vue complète à 360 degrés de l'immense pièce remplie de plantes. Des oiseaux de toutes les couleurs, de jaune d'œuf à bleu Tiffany, en passant par écarlate bloody mary, voletaient, les ailes attachées, d'une branche à une autre, tâchant pathétiquement de voler – ce qu'ils ne feraient plus jamais.

« Il paraît que c'est ici que Bailey Winter réalise la plupart de ses croquis préliminaires, poursuivit-elle. En fait, ceux qui connaissent bien son travail reconnaîtront sûrement les couleurs de sa dernière collection de haute couture. »

Elle braqua la caméra sur un petit oiseau qui gazouillait sur les branches d'un bananier en pot.

Le film était extrêmement vivant – les oiseaux colorés qui tournoyaient et voletaient dans la volière haute de plafond, le soleil qui se déversait en grands rayons de lumière. La composition était parfaite, symétrique, mais pas moins dynamique pour autant. Elle se mit à planifier dans sa tête toute une série de documentaires sur les processus de création de différents artistes. Peut-être en réaliserait-elle un sur Dan et capturerait-elle ainsi la vie d'un auteur. Et un sur Ken Mogul, pour explorer la réalité d'un réalisateur mondialement connu.

Et taré.

La table en rotin au dessus de verre était jonchée de feuilles de papier gribouillées, de stylos et de verres de Martini à moitié vides. Vanessa se dirigea vers le poste de travail et concentra sa prise de vue sur des croquis inachevés.

« Dans quelques mois, ces croquis au crayon auront été transformés en mousseline de soie et en soie. (Elle faisait de son mieux pour se rappeler les noms des tissus qu'elle avait entendu Olivia mentionner durant leur courte expérience de colocataires.) Imaginez, en ce moment, ces idées ne sont que des gribouillis, mais bien vite elles descendront le tapis rouge aux oscars. »

La jeune fille fit la mise au point pour filmer plus nettement les dessins au trait.

« Nous voyons encore plus clairement comment fonctionne le processus de création de Bailey Winter. Cela commence par quelque chose d'aussi simple que la couleur du plumage. Après quelques croquis au crayon et quelques Martini… (Elle se tut car, en vérité, elle ne voyait pas comment décrire les robes ou la collection, ou si la mousseline de soie était vraiment le nom d'un tissu. Peut-être était-ce un dessert?) La seule chose que je ne peux pas vous montrer, c'est ce qui existe uniquement dans la tête du créateur. C'est le véritable processus de création. »

Ou le véritable processus d'alcoolisation. Elle braqua la caméra sur la tripotée de verres pas tout à fait vides.

— Oh-mon-Dieu!

Vanessa tournoya sur elle-même et cacha instinctivement la caméra dans son dos.

Oups.

— *Qu'est-ce que tu fais là ?* (Bailey claqua violemment la porte en verre derrière lui pour qu'aucun de ses précieux oiseaux ne s'échappe dans le jardin.) Vanessa, Vanessa, caqueta-t-il, exactement comme un poulet. La volière est strictement interdite ! C'est ici que je viens pour réfléchir et trouver l'inspiration : tu vas perturber l'équilibre de l'énergie créative rien qu'en venant ici !

Bien sûr ! L'équilibre de l'énergie !

— S'il te plaît, ma chérie, recule un peu. Pas les dessins ! Personne n'a le droit de les voir tant que je n'ai pas terminé les croquis préliminaires.

— Désolée. (Vanessa recula, piteuse, en tâchant d'avoir l'air repentante. Une perruche ondulée tachetée de bleu-vert passa brusquement devant son oreille en poussant des gloussements.) J'imagine que je me croyais chez moi. Vous savez, comme vous l'avez insinué.

— Eh bien, il y a une différence entre être une bonne invitée et être tout simplement importune. (Bailey fronça les sourcils et serra contre sa poitrine un tas de papiers qu'il cacha à la vue de la jeune fille.) Tu peux aller où tu veux dans la propriété, *excepté* dans la volière. C'est mon espace sacré, chérie. Je suis spirituellement nu lorsque je passe ces portes.

Eh bien, tant qu'il garde *littéralement* ses vêtements…

— Je ferai plus attention à l'avenir, lui promit Vanessa avant de reculer lentement et de continuer à cacher sa caméra dans son dos.

— Oui oui, je sais, répondit Bailey en posant ses papiers sur son bureau mais en continuant à les cacher avec ses bras tendus et potelés. Tout est pardonné.

— Bien, alors je vais m'en aller.

Elle tourna rapidement les talons et commença à filer.

— Aaaaah!

Le cri strident de Bailey rendit les oiseaux fous. D'un seul coup, des centaines d'étourneaux effarouchés cherchant la sécurité s'élancèrent vers le plafond, aussi loin que leurs ailes mutilées voulaient bien les porter.

— Oui? fit Vanessa, tâchant toujours lamentablement de dissimuler la caméra avec ses mains.

— Eeeeest-ce une... *caméra*?

Brillante observation.

— Bailey, laissez-moi vous expliquer. (Vanessa se sentit rougir.) J'espérais juste, enfin, la seule chose qui m'intéressait, enfin, j'avais besoin de, vous savez, je voulais tourner un documentaire sur le processus de création, comme toutes les idées qui se cachent derrière et ce qui va dans... enfin, toute l'histoire de...

Bailey se leva de son siège d'un bond et resta debout, tremblant, à fixer Vanessa.

— Dis-moi juste. Il faut que je sache... As-tu? As-tu? Non, tu n'as pas... enfin, tu n'as pas *filmé* ici, n'est-ce pas?

— Euh non.

Belle échappatoire.

— Ces croquis sont top secret! Oh là là! Mon Dieu, mon Dieu! Sais-tu ce qui se passerait s'ils sortaient d'ici? Sais-tu qu'il y a des gens qui paieraient... eh bien, je ne sais pas combien, mais ils paieraient très cher pour avoir un aperçu, une *trace*, de ce que j'ai prévu pour les saisons prochaines. Je ne peux tout simplement pas courir le risque que la concurrence soit au courant. (On aurait dit qu'il allait s'évanouir.) Oh là...

— Bailey, je vous le promets, je n'allais pas vendre vos secrets ni rien. Je ne suis qu'une cinéaste, vous savez, et je me suis dit que ce serait un très bon sujet de documentaire. (Vanessa lui adressa un sourire plein d'espoir. Un ara vert citron atterrit sur son épaule et il le chassa d'un geste.) Je devrais peut-être y aller... suggéra Vanessa, qui redoutait brusquement que le créateur exige qu'elle lui remette tout le film qu'elle avait tourné ces derniers jours.

— Oui, file dans ta chambre! (Bailey semblait au bord des larmes.) J'ai besoin d'un moment pour me calmer. Nous discuterons de ta mauvaise conduite ce soir au dîner.

— Bien.

Vanessa se renfrogna. L'envoyait-il *vraiment* dans sa chambre? Cela ne lui était jamais arrivé... jamais. Personne n'avait jamais envoyé Vanessa Abrams dans sa chambre! Elle irait dans sa chambre, très bien, elle irait dans sa chambre et elle ferait ses bagages. Documentaire ou pas, elle avait vu assez d'excentricités des Hamptons et de Bailey Winter pour tenir jusqu'à la fin de ses jours. Quant au dîner, eh bien si tout se passait bien, d'ici là, elle serait tranquillement dans un train qui la ramènerait en ville et dans le seul endroit où elle se sentait vraiment chez elle : l'appartement de Dan Humphrey.

On n'est vraiment bien que chez soi!

trois petits mots

— Encore un verre ?

Olivia secoua la tête et montra ses oreilles pour faire comprendre à Nate qu'elle ne l'entendait pas à cause de la clameur de la soirée qui s'animait considérablement à mesure que le jour baissait. Le soleil de l'après-midi brillait toujours au-dessus de leurs têtes, mais les fêtards avaient chaud, étaient affamés et ivres. Erik avait judicieusement allumé l'énorme barbecue et envoyé ses invités les plus sobres faire un saut à l'épicerie du coin. L'odeur de charbon de bois si caractéristique de l'été flottait dans l'air et lui donnait mal au crâne.

Ou peut-être étaient-ce les quatre bloody mary ?

Nate se pencha et lui murmura à l'oreille :

— J'ai dit, je vais chercher un autre verre, tu veux quelque chose ?

Son souffle chaud chatouillait son cou et elle ferma les yeux pour que la pièce ne tourne pas.

— Je vais avaler un verre d'eau.

— Facile.

Nate la prit par le bras et l'emmena dans la bibliothèque où il la fit asseoir sur le canapé marron en cuir usé avant de partir chercher à boire à la cuisine.

Olivia bâilla. Les longs trajets en voiture lui donnaient

toujours envie de dormir, et la nuit dernière n'avait pas été franchement reposante, même s'ils avaient en gros dormi vingt-quatre heures. Comment dormir quand Nate respirait à côté d'elle toute la nuit ? Chaque fois qu'elle voulait se retourner ou arranger ses oreillers, elle ne pouvait pas le faire, si pour cela elle devait lui lâcher la main. Elle ferma les yeux en y songeant.

— Salut à toi, la Belle au bois dormant.

Olivia sentit des lèvres douces effleurer son front. Elle sourit et garda les yeux fermés. Voilà une éternité qu'elle n'avait pas senti ces lèvres sur son visage. Mais quand elle ouvrit enfin ses paupières lourdes, elle eut le souffle coupé. Les lèvres n'appartenaient pas à Nate, mais à Erik van der Woodsen. Son visage tout sourires se dessinait indistinctement au-dessus d'elle. Un beau prince, mais pas le *bon* prince.

Trop de princes, trop peu de temps...

— Salut Erik.

Olivia attrapa un coussin rembourré qu'elle serra contre sa poitrine. C'était Serena tout craché, en garçon. De ses cheveux blonds à sa démarche disant : « Tout va très bien merci » en passant par sa façon de tenir ses épaules larges musclées par le tennis, à la petite ride marrante qui se formait au coin de ses yeux presque bleu marine quand il souriait. On aurait dit que cela faisait un million d'années qu'ils étaient plus ou moins sortis ensemble.

Pas blasée, la fille !

— Pousse-toi un peu.

Erik s'affala à côté d'elle et passa le bras le long du dos du canapé. Il poussa un profond soupir.

— Cette soirée m'échappe tellement que je n'ai même pas eu la possibilité de parler à quelqu'un.

— Ça veut dire que la soirée se passe bien, observa Olivia d'un ton endormi.

Elle jeta un œil par la porte ouverte, cherchant Nate, mais il était perdu parmi les fêtards qui attendaient un autre verre au bar.

— Mec, je ne t'ai pas vue depuis, quoi, depuis ces vacances à Sun Valley ?

Olivia constata qu'il commençait à manger ses mots. Il était encore plus déchiré qu'elle.

— J'imagine, répondit-elle d'un ton distrait, bien qu'ils se soient vus à la soirée de remise des diplômes de Constance Billard, voilà quelques semaines seulement. Cela ne valait pas le coup d'en parler – en fait, elle n'avait qu'une envie : mettre un terme à la conversation.

Ouh là là, les temps changent !

— Tu es si belle !

Il caressa les cheveux de la jeune fille avec sa main bronzée et lui fit un sourire ivre et légèrement suggestif.

— Voilà ton eau, dit Nate qui apparut, comme surgi de nulle part, en lui tendant une bouteille de San Pellegrino glacée.

Olivia s'assit un peu plus droite. Son sauveur. En treillis délavé.

— Quoidneuf, Nate ? lança Erik en ayant du mal à articuler. Tu t'amusons bien ?

— Ouais, à fond ! acquiesça Nate. Mais je crois que tout le monde commence à avoir faim. Les mecs viennent de revenir de l'épicerie, mais ils ne savent pas allumer le barbecue.

— Je suis le roi du barbecue, man, répliqua Erik en se levant, en bâillant et en s'étirant. Olivia, on se voit plus tard ?

Il tapa sur l'épaule de Nate et disparut dans la foule.
— Merci, dit Olivia en sirotant goulûment son eau.
Nate se fendit d'un grand sourire.
— Il est déchiré. On dirait que tu avais besoin qu'on te sauve.

Seras-tu toujours là pour me sauver? Elle faillit le dire à voix haute. C'était une réplique tirée de *Diamants sur canapé*. Elle avait si souvent répété le texte avec Serena qu'elle le connaissait par cœur. Dans le film qu'était sa vie, Nate était la vedette sublime qui serait toujours là pour venir la sauver.

Nate s'installa sur le canapé – encore chaud grâce au corps d'Erik – et chercha son briquet dans ses poches, qu'il alluma nonchalamment; il plissa ses yeux verts tachetés d'or, concentré. Un geste, Olivia le savait, qui signifiait qu'il était soit perdu dans ses pensées, soit en train de planer dans les brumes de la marijuana. Enfin, il leva les yeux et croisa son regard. Elle fut surprise de sentir son souffle se coincer dans sa gorge.

— Crois-tu que l'on pourrait peut-être monter… et…

Il se tut.

— Monter?

Elle but une gorgée d'eau. Elle était sortie avec Nate un million de fois, lui avait parlé un million de fois, l'avait embrassé un million de fois. Il n'y avait rien de nouveau et pourtant quelque chose de complètement différent.

— Ouais, marmonna-t-il en allumant nerveusement son briquet. Je me suis dit que nous pourrions peut-être monter pour… parler?

— Parler, répéta-t-elle.

La chanson passa de quelque chose comme « *Clap Your Hands Say Yeah* » à « *Hey Ya* ». Ce morceau avait beau être vieux comme le monde, le sol se mit à trembler car tout le monde dansait dehors et dans le séjour des van der Woodsen.

— Je... commença-t-il en rallumant son briquet. Je...

Olivia se leva d'un coup et prit la main du garçon, le tirant hors du canapé. Elle voulait écouter tout ce qu'il essayait si sérieusement de lui dire et elle voulait pouvoir l'entendre. Elle l'entraîna hors de la bibliothèque, dans le séjour bondé, lui tenant la main pour ne pas le perdre dans la foule. Elle croisa Serena en bas de l'escalier sans rien lui dire. Si quelqu'un pouvait la comprendre, c'était bien elle... Olivia se trouvait à mi-chemin du grand escalier en acajou ciré quand elle sentit que Nate s'arrêtait derrière elle.

— Qu'est-ce qui ne va pas? demanda-t-elle en se retournant.

— Je... je... dois te dire quelque chose, bafouilla Nate.

— En haut, le pressa-t-elle en le tirant par le bras.

Comme il ne bougeait pas, elle se retourna et baissa les yeux depuis la marche sur laquelle elle se tenait. Ils faisaient presque la même taille.

— C'est juste que... bégaya-t-il. (Puis il leva les yeux et croisa son regard.) Je t'aime, finit-il par murmurer.

Enfin.

attendre les douze coups de minuit

« Je t'aime. »

On ne pouvait pas s'y tromper, la voix était celle de Nate et ses mots, clairs comme le jour. Même par-dessus les cris d'une banlieusarde hippie qui ondulait de façon suggestive en battant des bras sur « *Hey Ya* » et en frappant Serena au visage avec ses longues dreadlocks qui sentaient les huiles essentielles.

Il aimait Olivia.

Serena n'aurait jamais cru que Nate Archibald puisse être aussi au fait de ses émotions, mais elle savait que c'était vrai – il aimait sincèrement Olivia. Elle avait vu les regards entendus que ses amis s'étaient échangés depuis leur audacieuse évasion de chez Bailey Winter. Puis, hier, quand Olivia s'était incrustée entre eux au lit, c'était tellement *flagrant*. Serena ressentit une grosse angoisse, comme quand la route file sous la voiture plus vite que ce à quoi vous vous étiez préparé : c'était *son* anniversaire – enfin presque – et c'était *sa* soirée – officiellement en tout cas. Elle était celle qui méritait un peu d'amour et d'affection, n'est-ce pas ?

Elle hésita. Perchée entre le mur tapissé d'un papier peint délicat et une immense horloge de grand-père, elle avait trouvé la planque idéale pour faire un peu d'observation.

Du style, espionner?

Elle jeta un œil derrière la pendule, sur Nate et Olivia dans l'escalier, qui se regardaient intensément dans les yeux, sans mot dire. Puis Olivia entrelaça ses doigts à ceux de Nate et tous deux disparurent à l'étage, tournèrent à gauche sur le palier. Ils se dirigeaient vers la suite de ses parents. Serena ferma les yeux et se fraya un chemin à travers la foule en direction du bar. Il y avait toujours du whisky, Henry et des cigares. Pas nécessairement dans cet ordre.

— Te voilà.

Serena titubait un peu, mais agrippait fermement son grand verre en cristal qu'elle avait rempli – une fois de plus – du whisky Oban de son père qu'elle cachait aux autres convives. C'était son anniversaire et c'était chez elle – pourquoi ne pas garder les bonnes choses pour elle?

— Serena.

La voix familière d'Henry fendit la nuit. C'était comme une étreinte, de savoir qu'il n'était pas loin. Il était si beau, et il l'aimait encore probablement...

Et peut-être était-elle *un peu* soûle?

Quelqu'un avait enfin réussi à allumer le barbecue dans le jardin des van der Woodsen, et Henry et trois types que Serena ne reconnut pas étaient agglutinés autour et se réchauffaient de la soirée d'été étonnamment fraîche. Hormis les flammes qui chancelaient et les étoiles dans le ciel, la nuit était sombre. C'était une obscurité rassurante et plus ou moins familière. Serena avait passé tant de nuits d'été ici, comme celle où elle avait plaqué Henry.

— Je te cherchais.

Serena s'assit à côté de lui sur l'un des bancs de pierre bas qui entouraient le barbecue. Elle portait un vieux jean Seven coupé, et il était encore en maillot de bain. Leurs genoux nus se touchaient presque.

— Eh bien, tu m'as trouvé.

Il se servit du tout petit mégot de la cigarette qu'il fumait pour en allumer une nouvelle.

— C'est ta soirée d'anniversaire, non ? demanda l'un des autres gars, que Serena reconnut comme l'un des colocs de son frère quand il était en première année de Brown, bien qu'elle ne se rappelât pas son prénom.

— C'est mon anniversaire demain. (Serena jeta un œil à sa montre Chanel toute fine.) Dans environ quatre-vingt-dix-sept minutes. Et c'est aussi le 14 juillet.

— *Vive la France** ! dit Henry en levant sa bouteille de tequila Corzo et en trinquant contre son verre.

— *Vive la France** ! répéta Serena en entrechoquant son verre et en vidant son whisky d'un trait. Tu m'as manqué, ajouta-t-elle, même si c'était faux.

Dès qu'elle était rentrée à New York, elle avait complètement oublié Henry.

— Toi aussi, tu m'as manqué. (Henry ouvrit la bouteille d'un coup, remplit de nouveau leurs verres et fit passer la bouteille à sa gauche.) Faisons notre petite fête pré-anniversaire.

Serena leva les yeux sur les étoiles qui scintillaient dans le ciel. Tout ce qui l'entourait la ramenait un an plus tôt, puis deux ans plus tôt, alors que tout était complètement différent, mais aussi tout à fait pareil. Elle tourna la tête et croisa le regard d'Henry. Elle voulait qu'il la distraie encore. Elle avait besoin qu'il la distraie, pour qu'elle parvienne à oublier ce qui se passait probablement dans la chambre de ses parents au même moment.

— Et que se passe-t-il à minuit ? demanda-t-elle en sentant la tequila, hésitante.

— À minuit ? (Henry entrechoqua son verre avec le sien et fit descendre la boisson dans sa gorge.) C'est à ce moment-là que tu recevras ton cadeau.

Si elle parvient à rester éveillée jusque-là.

love is in the air

— Ça va comme vous voulez, les garçons ? demanda Rufus Humphrey. (Il passa sa tête échevelée dans le séjour.) Vous ne voulez rien d'autre ? J'ai du pesto amandes-lentilles dans le mixeur.

— Non, M. Humphrey, vous avez déjà été assez aimable. (Greg lui adressa un sourire gracieux et se tourna vers Dan.) Ton père est tordant!

Dan respira profondément et s'empara de la télécommande pour monter le volume du vieux téléviseur pourri des Humphrey, réglé sur un documentaire sur les beatniks. Bien qu'il n'en gardât aucun souvenir, il avait apparemment lancé une invitation alcoolisée à Greg pour qu'ils le regardent ensemble.

Qui sait ce qu'il avait proposé d'autre dans son état d'ébriété ?

— Hum. (Il fourra maladroitement du pop-corn dans sa bouche, histoire de faire quelque chose de ses mains.) Merci d'avoir apporté ça.

— De rien. (Greg passa la main dans le saladier en plastique, effleurant les doigts de Dan quand il en prit une poignée.) Comme tu as précisé que ton père n'était pas un grand cuisinier, je me suis dit qu'il valait mieux que je vienne avec des munitions.

Ah bon, j'ai fait ça ?
— Eh bien, tant mieux.

Dan gloussa nerveusement quand il constata que son père avait exposé le vase-pénis bizarre sur une étagère remplie de livres. La peinture dans le living-room qui tombait en ruines semblait particulièrement infiltrée d'eau.

— *In vino veritas*, pouffa Greg.

Dan reconnut la phrase latine, suggérant que l'on est plus apte à dire la vérité quand on est ivre. L*e vin délie les langues*. C'est ce que son père disait tout le temps avant de descendre une bouteille entière de merlot.

— Mec, regarde Kerouac. Qu'est-ce qu'il est… électrique, observa Greg.

Dan examina attentivement les auteurs célèbres sur l'écran qui tremblotait. Il était électrique, n'est-ce pas ? Il était presque… beau. Était-il complètement gay pour penser cela ? Il sentit son estomac faire des embardées. Cette scène avait quelque chose d'un peu trop familier : assis sur le canapé, la chaleur et le poids d'un autre corps à côté du sien, un documentaire cérébral à l'écran. Qu'est-ce que cela lui rappelait ?

Ou plutôt *qui* ?

Dan avait beau être complètement paumé, il connaissait la suite, en revanche : les lumières étaient tamisées, la télévision grouillait d'histoires d'auteurs hors-la-loi je-m'en-foutistes, qui menaient une vie de patachon, la soirée était chaude et le canapé, confortable. Cela ne pouvait se terminer que d'une seule façon : en se tripotant.

En se tripotant *une fois de plus*, pour être plus précis.

— Je ne vois pas très bien. Pas toi ?

Dan alluma la lampe de table en céramique ébréchée, histoire de gâcher un peu l'ambiance romantique.

— Maintenant je te vois mieux, dit Greg en lui faisant un sourire timide.

— Exact. (Dan prit l'immense saladier en plastique sur ses genoux et le coinça dans le petit espace entre Greg et lui.) Comme ça, tu devrais pouvoir y accéder plus facilement, expliqua-t-il.

Il tapota ses poches, anxieux. Il mourait d'envie d'une cigarette... mais oserait-il prendre ce risque ? Il était quasi sûr qu'il n'y avait rien de plus sexy que de fumer : le petit jaillissement de la flamme quand on gratte l'allumette, les longs panaches de fumée que l'on souffle, langoureux. Il ne voulait pas que Greg comprenne de travers.

Ouais, et on adore tous l'haleine d'un fumeur. Tu parles !

S'ensuivirent quelques minutes de silence durant lesquelles Dan tâcha de se concentrer sur la télévision, mais ne put s'empêcher de surveiller le moindre geste de Greg dans sa vision périphérique. Celui-ci n'arrêtait pas de passer la main dans sa coupe en brosse blonde et de mâchouiller sa lèvre inférieure légèrement gercée.

— Tu n'aimes pas le film ? s'enquit Greg.

Il attrapa la télécommande et baissa suffisamment le son, de sorte que la télévision ne fût rien d'autre qu'un fond sonore ambiant.

— Non, non, ce n'est pas ça, bafouilla Dan. Je... réfléchissais juste à ce que nous devrions faire lors de notre prochain salon.

— Nous devrions parler des beatniks. (Greg mit ses pieds sur le canapé et posa son menton sur ses genoux. Il avait une barbe blonde de plusieurs jours qui semblait toute douce.) Nous pourrions même visionner ce documentaire... enfin si tu veux.

Dan regarda le film en noir et blanc de quelques

poètes torse nu qui buvaient des bières à la bouteille, cigarette au bec. Il acquiesça, piteux. Ça ne servait à rien de lutter contre le destin, n'est-ce pas ? Il était gay – quoi qu'il fasse, des signes de l'univers lui disaient d'assumer. Alors pourquoi ne pouvait-il pas passer son bras sur les épaules de Greg et enfouir son nez dans son cou ? Ça n'avait rien de mal, mais ça n'avait rien de bon non plus.

— Kerouac ! Nom de Dieu, ça ne va pas en s'améliorant, pas vrai ?

Apparemment, Rufus Humphrey était entré dans la pièce sans se faire remarquer. Il se tenait derrière le canapé et respirait au-dessus de leurs têtes.

Merci, mon Dieu, d'avoir inventé les papas qui fourrent leur nez partout !

Rufus se pencha pour murmurer à l'oreille de son fils :

— C'était une époque différente, je vous le dis. Nous n'avions aucune considération pour les règles ou les définitions rigides de notre société. Nous *étions*, voilà tout. Vous comprenez ce que je veux dire ?

— Ça a l'air génial, acquiesça Greg en se penchant près de Dan.

Il sentait le pop-corn et la lessive. Il sentait hyperbon. Hétérosexuellement parlant.

— Papa ! Assieds-toi ! fit Dan en se redressant brusquement et en se cramponnant au bras du canapé, comme si c'était un gilet de sauvetage. (Il attrapa le bol de pop-corn et tapota la place libre sur le canapé.) Il y a largement la place pour une personne de plus !

— Vraiment ? s'exclama Rufus. (Puis, dans un mouvement étonnamment gracieux pour un homme aussi corpulent, il sauta par-dessus le dos du canapé et atterrit pile entre les deux garçons.) Ça ne vous dérange pas ?

Dan expira. Il n'avait jamais été aussi heureux de voir son père.

— Non, regarde avec nous. Et peut-être qu'ensuite tu pourras nous raconter tes histoires du bon vieux temps?

Rufus le dévisagea d'un air suspicieux. Son haut vert fluo sans manches qui moulait bien son ventre était rentré dans un short de gym d'école bleu marine de Dan.

— Tu veux écouter mes vieilles histoires?

— À fond! acquiesça Dan, tout excité. Et je suis sûr que Greg aussi!

— Bien sûr, fit Greg en opinant poliment.

— Oui, dis-nous *tout*, sourit Dan.

Les histoires de son père étaient toujours absurdes et interminables. Et pas du tout romantiques.

soyons fous!

— Alors ? fit Olivia en expirant, d'une voix rauque, basse et sexy.

Elle ne savait plus combien de cocktails elle avait bus, mais elle se sentait complètement sobre à présent. *Je t'aime. Je t'aime.* Il l'aimait. Elle s'allongea sur les oreillers Frette jaune clair du lit de la grande suite tranquille des van der Woodsen. Le doux bourdonnement de la clim étouffait la musique qui battait fort en bas et les bruits des fêtards ivres au-dehors.

— Alors ? répéta Nate.

Il se tenait au pied du lit et lui faisait un grand sourire, tout excité. Ses joues étaient rouges et ses yeux verts étincelaient. Il faisait passer son poids d'un pied sur l'autre : on aurait dit qu'il faisait la queue pour aller aux toilettes, pas qu'il attendait pour lui sauter dessus.

Olivia tapota la couette en plumes douces à côté d'elle.

— Viens par ici, dit-elle avec un sourire entendu.

Bien, m'dame !

Nate ôta ses chaussures de mer en toile bleu-gris d'un coup de pied et sauta sur le lit. Il rebondit en hésitant pour vérifier si le plafond était assez haut pour faire des bonds sans se cogner la tête. Puis il se mit à sauter partout comme un fou.

— Arrête, arrête! cria Olivia d'une voix perçante.

Elle se leva, lui prit les mains et tous deux se mirent à faire des bonds comme deux grands enfants fous.

Puis Nate arrêta et devint brusquement sérieux.

— Alors, hum, est-ce que cela veut dire quelque chose?

Olivia garda ses mains dans les siennes et les balança de droite à gauche.

— Dire quelque chose? demanda-t-elle. Du style, est-ce que nous ressortons ensemble?

Nate haussa les épaules.

— Ouais.

Olivia rougit de nouveau, plus fort cette fois.

— Eh bien, y a intérêt parce que moi aussi je t'aime.

Nate se fendit d'un grand sourire, fit un saut en avant, de sorte que son menton effleura son front. Olivia pencha la tête en arrière. Ses yeux verts tachetés d'or étincelèrent. Puis il l'embrassa.

C'est vrai qu'ils n'avaient pas grand-chose à ajouter.

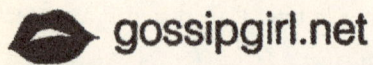

thèmes ◀précédent suivant▶ envoyer une question répondre

Avertissement : tous les noms de lieux, personnes et événements ont été modifiés ou abrégés afin de protéger les innocents. En l'occurrence, moi.

Salut à tous !

Le destin est drôle, vous ne trouvez pas ? Vous pensez maîtriser les choses, vous pensez contrôler votre vie, mais bon – nous sommes tous à la merci de l'univers. C'est vrai, nous lisons tous nos horoscopes, n'est-ce pas ? Et nous savons tous qu'il y a des gens qui sont tout simplement… connectés. Cela n'est pas toujours raisonnable, mais ça ne sert à rien de se battre. J'ai donc le plaisir de vous annoncer qu'on a vu, tôt le matin : **O**, sortir furtivement de la grande suite des van der Woodsen pour aller chercher une bouteille d'eau fraîche, portant le polo olive de **N** – et rien d'autre. C'est le destin, tout le monde ! Il faut vous y faire !

Les e-mails post-fiesta commencent à affluer, et apparemment la grosse teuf était aussi mouvementée que le gala du Costume Institute. Les toges en moins – ou les vêtements en moins, en fait. Mais ce dont tout le monde parle, c'est de l'anniversairée et du garçon qui a dû constituer son cadeau d'anniversaire… Donc, fidèles lecteurs, j'ai un sondage pour vous :

Vous tombez par hasard sur l'un de vos ex. Que faites-vous ?

1) Adoptez un accent vaguement russe et optez tout de suite pour une vodka.

2) Tripotez le presque-beau gosse le plus proche – rien de tel qu'un nouveau mec pour le rendre jaloux.
3) Vous souvenez du bon vieux temps… et lui montrez ensuite tous vos nouveaux trucs.
d) Appelez **S** et lui demandez conseil. Elle a déjà donné, merci ! La liste ci-dessus, elle connaît par cœur !

C'est vrai, apparemment, **O** et **N** ne sont pas les seuls à s'être enfin retrouvés, **S** a re-lié connaissance avec **H**, un vieil ami. Ou plus qu'un ami ? On l'a vu la porter dans sa chambre juste avant que le jour se lève. Awww. Comme c'est mimi ! À vous de tout me dire ! Qui est-il et que s'est-il passé ? Je meurs d'envie de connaître les réponses et je sais que vous aussi !

VOS E-MAILS :

Q: Chère GG,
Juste une réponse à ton message à toutes les patrouilles : j'ai aperçu un roadster d'époque pendant que je faisais mon jogging du matin. Il était garé dans une longue allée de graviers blancs, et on aurait dit que des gens couchaient ensemble à l'intérieur ! Bah !
— 5K

R: Cher(e) 5K,
Bravo de suivre ton régime du matin avec une telle assiduité et merci pour ce tuyau chaud-bouillant. Mais comme d'hab, j'ai une longueur d'avance. Le trio dévoyé a été localisé, et actuellement, je potasse sur ce qui est en train de se passer. Espérons simplement que tes Belles au bois dormant se réveilleront avant de rentrer !
— GG

UN PETIT CONSEIL D'AMIE

En citadines, nous avons l'habitude de nous réveiller dans notre lit. On peut faire la fête où l'on veut, toute la nuit, un taxi nous attend pour nous déposer dans notre appartement de grand standing ou dans notre maison de ville. Mais à la campagne, c'est différent. Tout le monde... *dort chez tout le monde*. Je sais, je sais, ça fait un peu dégueu, de se réveiller dans une maison qui n'est pas la nôtre, et très probablement avec un mec que l'on ne connaît pas et qui bave sur notre jupe. Et oui, ça peut être gênant de voir tout le monde à l'impitoyable lumière du jour, sans l'avantage de l'effet désinhibiteur de l'alcool. Mais je suis d'humeur généreuse – hé, quand ne le suis-je pas d'ailleurs ? – et j'ai des conseils :

CINQ TUYAUX POUR LE LENDEMAIN MATIN :

1) Les maisons de campagne offrent les plus belles salles de bains. Prenez un bon bain de vapeur et n'hésitez pas à amener un ami. La douche est assez grande pour deux et, partager, c'est prendre soin de l'autre !
2) Oui, vous avez une tronche de déterrée. Alors n'hésitez pas, allez-y et empruntez quelque chose à votre hôte, mais si vous prenez des sous-vêtements, gardez-les. Cela sera notre secret !
3) Mal à la tête ? Récupérez le champagne qui reste pour concocter des mimosas et glissez un peu de Kahlua dans la cafetière à pression. Il ne suffit peut-être que de ça pour relancer la fête !
4) Servez-vous des produits de beauté de la maîtresse de maison. Les mamans ont toujours les meilleures crèmes pour les yeux.

5) On ne se sent toujours pas mieux ? Il reste peut-être de l'antidouleur, depuis la chute de mamie. Hé, les gueules de bois, *ça fait mal* !

Bien, les enfants, il est temps pour moi de suivre mes propres conseils et de faire un petit plongeon dans la piscine. Quelle piscine ? Ah, ah ! vous aimeriez bien le savoir, hein ?

Vous m'adorez, ne dites pas le contraire,

le blues de l'anniversaire

« Joyeux anniversaire », murmura Serena d'une voix rauque et grinçante.

Elle se glissa hors de son lit à baldaquin tout froissé et bâilla d'un air malheureux. Elle était misérablement restée à moitié éveillée et à moitié endormie toute la nuit, incapable de dormir à poings fermés avec Henry blotti à côté d'elle. Les paroles de Nate n'arrêtaient pas de tourner en boucle dans sa tête. *Je t'aime, je t'aime, je t'aime.*

Elle enfila discrètement ses tongs en plastique rose fluo et sortit de la pièce dans un claquement – inutile de marcher sur la pointe des pieds, Henry ronflait si fort que si elle faisait un exercice d'aérobic à côté de lui sur le lit, elle ne le réveillerait probablement pas.

Le couloir était calme, et le soleil pâle de début de matinée passait furtivement par les immenses fenêtres. Elle traîna un moment près de la fenêtre, appréciant la vue : l'étendue verte de l'immense pelouse, le miroitement paisible de la piscine, le ciel bleu clair sans le moindre nuage. Ce serait encore une journée magnifique, mais, quelque part, le temps radieux ne faisait qu'empirer son cafard.

Qui savait qu'elle avait une tendance secrète au drame?

Serrant ses bras nus, elle descendit l'escalier majestueux jusque dans l'entrée carrelée de marbre et passa en revue les dégâts de la soirée : des verres remplis de restes poisseux de cocktails finis pour la plupart recouvraient la console dans l'entrée, des mégots jonchaient le sol, des assiettes en carton abandonnées avec des hamburgers à moitié mangés étaient distraitement éparpillées sur la table basse. Se dirigeant dans le séjour, elle jeta un œil aux fêtards endormis, apathiques, sur les canapés de cuir touffeté, des bouteilles d'alcool vides couchées, vaincues, à leurs côtés.

Espérons que la femme de ménage vient aujourd'hui!

Elle examina les visages des convives endormis – somnolents et paisibles, à mille lieues d'imaginer les horribles gueules de bois qui constitueraient leur futur proche. Ils avaient tous l'air si doux et si innocents. Pas plus tard que quelques heures auparavant, ils s'étaient mis à entamer un refrain alcoolisé de « Joyeux anniversaire ». Elle avait feint de ne pas remarquer leurs marmottements quand ils en étaient arrivés à la partie « chère Serena ». À part Erik et Henry, les seules autres personnes de la soirée qui connaissaient son nom étaient bien trop occupées à l'étage pour chanter.

Elle trouva un verre propre dans la cuisine, le remplit d'eau fraîche et le sirota goulûment pour effacer le goût de son haleine matinale sur sa langue.

Miam.

Elle sauta sur le comptoir d'un bond et s'y percha un moment : elle avait l'impression d'être la seule rescapée après une bombe nucléaire ou un autre désastre. Or, le calme l'aida à s'éclaircir les idées. Aujourd'hui, elle avait dix-huit ans, mais elle ne pensait pas à ce qui l'attendait. Pour la première fois depuis très, très longtemps, elle ne pouvait s'arrêter de songer au passé.

Tout le monde supposait qu'elle était aussi insouciante qu'elle le laissait croire, mais, en vérité, *elle jouait la comédie*. Du moins parfois. Après tout, même elle avait une sale tête quand elle pleurait. Et quand elle était arrivée à Hanover, elle avait *beaucoup* pleuré.

Elle descendit du comptoir d'un bond et repartit à pas feutrés dans la bibliothèque, ouvrant les nombreux petits tiroirs du bureau en bois lourd de son père jusqu'à ce qu'elle déniche du papier à lettres. Puis, au lieu de s'asseoir sur le fauteuil géant en cuir, elle se cacha sous le bureau. C'était l'une de ses planques préférées quand elle était petite. Sombre, cosy, tranquille, avec l'odeur froide et humide de vieux bois. Elle avança le fauteuil pivotant pour être complètement cachée et se mit à écrire. Quand elle eut fini de dire tout ce qu'elle avait sur le cœur, elle avait rempli trois pages du papier à lettres Crane's ivoire.

Sortant de sa cachette d'un bond, elle rangea les pages dans une enveloppe qu'elle ferma de deux coups de langue rapides. Elle griffonna un nom dessus puis, rapidement, afin de ne pas perdre de la vitesse ou de changer d'avis, elle sortit à toute allure de la maison, dans l'allée. Des dizaines de voitures étaient garées à moitié sur la pelouse et moitié en dehors, mais l'Aston Martin vert forêt d'époque était facilement repérable avec son toit ouvert, recouverte de rosée et brillant à la lumière du matin gris-or. Elle s'en approcha à grandes enjambées, ouvrit la boîte à gants d'un coup et déposa l'enveloppe à l'intérieur, face en dessus.

Y en a un qui va avoir une grosse surprise…

Air Mail. Par Avion. 14 juillet
Cher Dan,

waouh, quelle nouvelle ! On pourra peut-être aller faire du shopping ensemble à mon retour ? Ou du patin à glace ? Aimes-tu ce genre de truc, maintenant ?

J'en ai parlé à maman et elle m'a dit que quand tu étais petit, tu te cachais toujours dans son placard pour essayer ses robes pailletées des années 70. C'est marrant, non ? Félicitations d'être enfin sorti du placard !

Je t'aime !
Jenny

ma chérie prend le train du matin

— Je suis rentrée, murmura Vanessa en entrant doucement en traînant les pieds dans l'appartement tentaculaire de Dan dans l'Upper West Side. Elle déposa délicatement son sac à dos sur un fauteuil recouvert de manteaux d'hiver, bien qu'ils fussent en juillet. Il n'était que huit heures du matin, et ça ne lui semblait pas juste de réveiller toute la maisonnée pour annoncer son retour absolument pas triomphant. Combien de fois devrait-elle revenir ici en catimini ? C'était en gros le seul endroit au monde qu'elle pouvait qualifier de chez-elle, et déjà elle avait dû s'y retirer un nombre lamentable de fois ces dernières semaines : premièrement, après s'être fait évincer sans cérémonie de son appartement de Williamsburg, ensuite après s'être fait virer de son premier vrai job sur le plateau de *Diamants sous canopée*, et maintenant, après avoir échappé de justesse à sa besogne de nounou négligente, puis de muse mièvre pour un Bailey Winter à l'enthousiasme hystérique.

Quel été !

— Qui est là ?

Légèrement surprise d'entendre la voix de Dan – du moins cela *ressemblait* à la voix de Dan – si tôt le matin, elle regarda le couloir toujours plongé dans l'obscurité en plissant les yeux.

— Dan ? C'est moi, Vanessa.

— Vanessa, marmonna Dan d'un ton triste.

Il était plus pâle que d'habitude et ses joues arboraient une barbe irrégulière de plusieurs jours, comme s'il avait commencé à se raser avant de changer d'avis. Des cernes couleur aubergine entouraient ses yeux, et il serrait une cigarette éteinte dans sa main, comme s'il avait oublié de l'allumer puis oublié qu'elle était là.

Waouh, en voilà un qui n'est vraiment pas du matin !

— Dan, tu as l'air…

Elle marqua une pause, regarda l'éclat graisseux de ses cheveux emmêlés et sales. L'envie de lui faire couler un bain et de lui préparer de la bouillie d'avoine la submergea brusquement. Elle fit un bond en avant et le souleva dans ses bras. Il sentait le tabac froid et la transpiration, mais, sans savoir pourquoi, Vanessa trouvait toujours cela rassurant. Mais alors qu'elle se pencha un peu plus près, et sentit son cou inégalement rasé, il se détacha de son étreinte.

— Tu vas bien ? lui demanda-t-elle, inquiète.

— Je ne sais pas. (Il fourra la cigarette éteinte dans un coin de sa bouche et tapota ses poches d'un air malheureux.) Je ne trouve pas mon briquet.

Il avait presque l'air au bord des larmes.

— Ton briquet ?

Ça n'avait pas l'air d'être son seul problème. Pauvre Dan, parfois il prenait un peu trop à cœur d'imiter Keats.

— Ce n'est pas grave. (Il enleva la cigarette de sa bouche et la coinça derrière son oreille, où un tas de cheveux épais et sales la maintint en place.) Je vais faire du café, tu en veux ?

En fait, tout ce qu'elle voulait, c'était s'effondrer au lit, de préférence avec lui, mais il était vraiment bizarre. De plus, il sentait aussi bizarre.

— Un café, ça me va, répondit Vanessa en passant délicatement un bras autour de ses épaules, comme s'il était un enfant abandonné qui avait besoin d'être réconforté. (Elle lui fit prendre le couloir couleur riz brun en direction de la cuisine.) *Je* vais peut-être le faire, dit-elle, comme ça tu pourras t'asseoir et m'expliquer pourquoi tu es aussi crade.

Dan descendit le couloir en traînant les pieds derrière elle, mais il n'était même pas arrivé à la cuisine que les mots jaillirent d'un coup.

— J'ai laissé ce mec que j'ai rencontré au Strand m'embrasser. On a lancé un salon ensemble. Je suis homo. Mon père m'a raconté qu'il avait fait des trucs gay quand il traînait avec des poètes quand il était jeune, mais moi – je suis vraiment gay.

Vanessa l'effleura pour entrer dans la cuisine. Elle dévissa le couvercle du pot géant de Folgers instantané sur le comptoir. Dan s'assit à la table en Formica usé et mit sa tête entre ses mains.

— Comment ça, vous avez « lancé un salon » ? demanda-t-elle, ignorant complètement la partie gay de l'équation. Tu es M. Je-ne-Me-Suis-Jamais-Fait-Couper-Les-Cheveux. Qu'est-ce que tu y connais en salons de coiffure ?

Dan fut obligé de sourire.

— Non, un salon littéraire. Un *salon*, répéta-t-il avec la bonne intonation. (Il cessa de sourire. Dieu qu'il avait l'air gay.) Il y avait des tas de jolies filles à notre première réunion et elles s'embrassaient, elles aussi. (Il se renfrogna, complètement confus.) Mais j'ai embrassé Greg.

Vanessa passa au micro-ondes un pichet d'eau qu'elle versa dans deux mugs dépareillés et y ajouta des cuillerées de café instantané. Elle en sirota une gorgée et fit la grimace. Nom de Dieu, le Folgers avait un putain de goût de pisse de chien après le café sensationnel qu'elle avait bu dans les Hamptons !

— Mettons les choses au clair, avant que je ne m'emmêle les pédales. (Elle but une autre gorgée du café âcre et regarda dans la pièce, les montagnes de vaisselle non faites et le saladier de bananes qui se décomposaient, avant de reposer les yeux sur le tabouret branlant où était perché Dan, piteux.) Sans mauvais jeu de mots, bien sûr.

— Ah, ah ! fit Dan, sans joie.

— Alors… tu es gay. Toi. Dan Humphrey. Gay. Pas gay dans le sens joyeux. Gay-gay. Gay, « j'aime embrasser des garçons ».

Vanessa arqua ses sourcils foncés d'un air perplexe.

— Je ne dirais pas exactement que *j'aime* embrasser des garçons. (Il se renfrogna.) Mais je l'ai fait.

Nom de Dieu. Elle s'était absentée trois jours à peine et Dan avait déjà rencontré quelqu'un. Fille, garçon, singe. Ça allait trop vite, voilà tout.

— J'ai mangé une salade une fois. Ça ne veut pas dire que je suis végétarienne.

— Ce n'est pas aussi simple. Jenny m'a envoyé une carte postale, où elle me dit que ma mère racontait que je portais des robes quand j'étais petit. (Il passa les doigts dans ses cheveux, écrasant par inadvertance la cigarette qu'il avait fourrée derrière son oreille quelques minutes auparavant.) Merde.

— C'est plutôt simple, Dan. Écoute, soit tu es gay, soit tu ne l'es pas. Ou… (Vanessa marqua une pause, envisageant la troisième option.) Tu es bi. Peut-être que c'est ça. Tu… explores, voilà tout. Te découvres.

— Tu crois ? (Le visage du garçon s'illumina momentanément.) C'est vrai, Greg est sympa. Nous aimons les mêmes choses. Mais hier soir, quand il était là, ça m'a fait complètement flipper. Et je ne l'ai plus embrassé. Je ne pouvais pas, c'est tout.

Une partie de Vanessa voulait toujours être ennuyée que Dan ait embrassé quelqu'un d'autre pendant qu'elle, beurk, envisageait Chuck Bass comme substitut, mais elle ne put s'empêcher d'être émue par son état de confusion totale et pathétique. On aurait dit que la petite ride sur son front s'y trouvait depuis des jours, et ses épaules tombantes, comme vaincues, lui donnèrent envie de le porter dans sa chambre et de le border comme un bébé. Et ensuite de le faire avec lui.

Mais elle chassa cette pensée de sa tête un moment. Dan était gay, voire bi. Mais il avait également été un tas d'autres choses à différentes époques : une star littéraire devenue la coqueluche de la ville, un dieu du rock d'un seul soir, un orateur rebelle de soirée de remise des diplômes, et un accro du fitness. Maintenant il était gay. Ça ne pouvait raisonnablement pas durer plus longtemps que ses autres phases, et quand il se serait lassé d'être homo, ou qu'il réaliserait qu'être homo signifiait embrasser des garçons et pas des filles – elle en particulier – eh bien, elle serait dans la chambre d'à côté.

— Écoute, Dan. (Vanessa jeta le reste de café amer dans l'évier plein à ras bord et posa sa tasse sur le comptoir.) Il faut que tu cesses d'être aussi dur envers toi. C'est vrai, ça n'a rien de *mal* d'être gay, non ?

— Bien sûr que non ! Thomas Mann était gay, et il a eu le prix Nobel !

— Exact. (Vanessa se fendit d'un grand sourire, ravie de constater que Dan redevenait un peu plus lui-même. Si prévisible, si facilement influençable. Qu'il ôte donc ce côté gay de son système, elle pourrait attendre.) Alors... j'adorerais rencontrer ce Greg.

— Ouais? répondit Dan, sceptique. Vraiment?

— Ouais. (Elle serra affectueusement son épaule. Maintenant qu'il était gay, elle pourrait faire des choses comme s'asseoir sur ses genoux, non? Elle décida d'essayer.) Vraiment, ajouta-t-elle, en se perchant sur son genou osseux.

Dan glissa ses bras autour de sa taille et enfouit son nez entre ses omoplates.

— Merci, dit-il d'une voix étouffée. Tu es mon héros. Hé, peut-être bien qu'il *est* gay, en fait.

jolie adresse e-mail, mon pote...

```
A : song of Myself <destinataires inconnus>
De : Greg P. <wilde and out @rainbowmail.net>
Re : prochaine réunion de Song of Myself !
```

Chers amis,
　J'espère que vous avez autant apprécié que moi notre petite réunion. J'ai le plaisir de vous annoncer que notre première assemblée a déjà donné de toutes nouvelles histoires d'amour - une heureuse conséquence d'avoir réuni tant d'individus créatifs de même sensibilité. J'espère que nous pourrons continuer à nous inspirer et à nous exciter les uns les autres à toutes nos rencontres !
　Pour notre prochaine petite réunion, veuillez apporter votre œuvre de Shakespeare préférée et nous la lirons tour à tour. Vous me montrerez la vôtre et je vous montrerai la mienne !

Votre pentamètre iambique et amoureux,
Greg

on the road again

— Gare-toi!
— Quoi?

Le seul inconvénient de la décapotable de son père était qu'il devenait presque impossible d'avoir une conversation quand elle roulait. Nate se tourna vers Olivia, qui désignait frénétiquement une pancarte annonçant l'un de ces panoramas pittoresques ringards, où quelques minivans étaient déjà garés le long du contrefort.

Gon-flant.

— Tu veux que je m'arrête?

Nate avait déjà ralenti et se garait. Il se ravisait bien de se disputer avec Olivia.

— Ça va être marrant! (Elle fouilla dans son fourre-tout Coach en paille fait à la hâte d'où elle sortit un appareil numérique.) Je l'ai piqué chez Serena. J'espère qu'elle ne sera pas trop énervée.

Nate se renfrogna en entendant le prénom de Serena. Il culpabilisait toujours un peu de s'être sauvé de chez elle comme un voleur sans même dire au revoir – le jour de son anniversaire, en plus. Olivia l'avait convaincu que Serena n'aurait pas voulu de réveil téléphonique matinal, anniversaire ou non, et il y avait de fortes probabilités pour qu'elle ne soit pas allée se coucher toute seule, de toute façon. Et c'était chez elle, ce n'était pas comme s'ils l'avaient abandonnée au milieu de nulle part.

Tout est bon pour te convaincre.

Avant même que Nate n'ait coupé le moteur, Olivia était déjà descendue du véhicule et gambadait en direction du petit mur de pierres qui séparait le parking du précipice immense donnant dans la vallée bordée d'arbres en contrebas. Elle portait le plus petit short blanc qu'il avait jamais vu et qui rendait ses jambes ridiculement accessibles. Elle monta sur le mur d'un bond et fit la moue.

— Prends une photo !

Tout sourires et de nouveau hyperexcité, Nate tripatouilla sa ceinture de sécurité et descendit précipitamment de voiture, se retenant de courir vers le petit mur de pierres et de coller ses mains sur son minuscule short. Il prit l'appareil dans la main tendue d'Olivia. « *Cheese!* »

Elle tira la langue et loucha.

— Magnifique !

Nate regarda en riant la belle Olivia, bronzée et heureuse, sur le petit écran LCD.

Elle tapota la place à côté d'elle.

— Prends-en une de nous deux.

Nate grimpa sur le muret et tint l'appareil photo devant eux. Olivia colla sa joue douce contre la sienne. Son odeur l'étourdit légèrement, et il tendit sa main libre pour s'équilibrer.

Attention à toi, Trique Man !

— Je veux que tout notre été se passe comme cela, (Olivia glissa son bras sous le sien et soupira.) Nous deux, seuls, au large. Pas de gens, pas de soucis. Ce sera parfait.

Exactement comme dans le film qu'elle rejouait constamment dans sa tête.

Nate opina.

— J'ai hâte de mettre les voiles !

L'image d'Olivia qui flânait en Bikini sur le pont du *Charlotte* le submergea. Cela se produisait enfin. Le véritable été qu'il était censé passer commençait – et tout se mettait en place. Rouler au nord-est en cet après-midi d'été tranquille vers l'océan, vers la liberté, Olivia à ses côtés... Nate sentait le poids de toutes ses erreurs passées tomber de ses épaules. Il n'avait jamais piqué de Viagra dans la planque de son coach, on n'avait jamais différé son diplôme, il n'avait jamais couché avec Tawny, il n'avait jamais appliqué de pommade sur le tatouage de Babs. Il avait juste passé la nuit avec Olivia, et il allait passer le reste de l'été avec elle, et peut-être le reste de sa vie. Tout se passait comme cela devait se passer dans l'univers.

— OK. On remonte en voiture.

C'était presque comme si Olivia lisait dans ses pensées. Elle descendit du muret d'un bond et prit l'appareil de ses mains pour passer en revue les photos qu'il venait de faire.

— Il faut juste que je fasse une pause pipi.

Il montra de la tête le bungalow en béton qui abritait les toilettes du bord de route.

— Fais vite.

Olivia l'embrassa sur la joue avant de regagner le siège passager d'un bond.

Dans les toilettes qui sentaient les produits chimiques, Nate se concentra sur ce qui allait se produire dans quelques heures, quand ils arriveraient enfin à leur destination finale. Il ferma les yeux, imagina Olivia gambader devant lui, remonter la passerelle et grimper dans le yacht, perdant son minuscule short blanc.

Alors qu'il se lavait les mains, il sentit le vrombissement familier de son téléphone qui vibrait dans la poche de son short cargo ; c'était probablement Olivia qui l'appelait pour lui demander de se dépêcher. Il sourit. Certaines choses ne changeaient jamais, comme l'impatience de la jeune fille. En se séchant les mains, il appela sa messagerie vocale dans l'espoir d'entendre le message sexy qu'elle lui avait laissé. Le téléphone était coincé, instable, entre son oreille et son épaule et il faillit tomber dans le lavabo quand, au lieu d'entendre la voix joyeuse et espiègle d'Olivia, il reconnut le grommellement furieux de Michaels le coach.

« Archibald, je ne sais pas ce que tu as dans la tête, bordel, mais tu as intérêt à te trouver sur ton lit de mort en ce moment. Tu croyais que ma femme te couvrirait ? Laisse tomber, gamin. Elle m'a raconté que tu fumais du shit dans mon putain de grenier. Sous mon satané toit. Tu crois que je bluffe, Archibald ? J'appelle ton père à la seconde où je raccroche. C'est fini, gamin. Tu ne verras jamais ton diplôme. Yale ? Ça ne se produira jamais. Grosse erreur, gamin, de te foutre de ma gueule. Énorme erreur. Et je n'en ai pas encore fini avec toi. »

Nate finit de se sécher les mains sur son short, attrapa le téléphone et appuya sur la touche qui effacerait le message à jamais. Il le rangea dans sa poche et examina son visage dans le miroir craquelé de l'aire de repos. Il fallait absolument qu'il se tire d'ici.

C'est ce qui s'appelle parler comme un homme en fuite.

la lettre volée[1]

« Salut, c'est Olivia, je t'appelais juste pour, tu sais, te souhaiter un joyeux anniversaire. Désolée de nous être cassés comme ça. Je t'appellerai plus tard pour tout te raconter. »

Olivia referma son téléphone d'un coup sec et le jeta dans son sac, avant de s'installer bien confortablement dans l'étreinte chaude du cuir de son siège-baquet. Elle tapa du pied, impatiente. Pourquoi était-il aussi long, bordel ? Plus vite ils reprendraient la route, plus vite ils arriveraient au *Charlotte* et plus vite elle serait étendue sur le large pont de bois, à prendre le soleil en lingerie, à boire de la limonade alcoolisée et à donner à manger à Nate des huîtres d'eau douce crues avec les doigts. Voilà comment elle avait l'intention de passer chaque minute du reste de l'été.

Pas mal comme plan !

Elle fit pivoter le rétroviseur pour examiner son visage : ses yeux étaient brillants et clairs, sa peau bai-

---

[1]. Nouvelle d'Edgar Allan Poe (1844) traduite en français par Charles Baudelaire. Une lettre de la plus haute importance a été volée dans le boudoir royal. Le voleur est en mesure de faire pression sur le membre de la famille royale à qui il l'a dérobée, il faut donc la retrouver de toute urgence. *(N.d.T.)*

gnée de soleil et sans défaut, et ses cheveux, tachetés d'or. Elle se fit un grand sourire. Tous les stress de l'été se dissipèrent : elle n'était jamais allée à Londres avec Lord Marcus, Serena ne lui avait jamais piqué le premier rôle lors de ses débuts au cinéma, elle n'avait jamais vu Nate main dans la main avec une pétasse de Long Island. Tout était exactement comme ça devrait l'être : elle et Nate, amoureux, pour toujours.

Elle tripota la stéréo, mais comme Nate avait les clés de la voiture, elle ne marcherait pas. Impatiemment, elle tourna le bouton de la boîte à gants. Elle s'ouvrit d'un coup et révéla une enveloppe blanche impeccable sur laquelle était griffonné un nom d'une écriture familière.

Nate.

— Qu'est-ce que c'est ? dit Olivia à voix haute.

Elle prit l'enveloppe. Pourquoi, bordel, Serena laissait-elle une enveloppe à Nate ? Jetant un œil en direction des toilettes pour s'assurer que Nate se trouvait toujours à l'intérieur, elle glissa son ongle sous le rabat de l'enveloppe. Elle déplia la feuille et se mit à lire l'écriture maniaque de son amie :

Nate, j'ai eu dix-huit ans il y a quelques heures. Quand la pendule a sonné, j'ai regardé autour de moi, mais tu n'étais pas là. Je sais que tu étais avec Olivia, et si tu es vraiment heureux alors je suis heureuse pour toi. Parce que comment ne pas souhaiter le bonheur de quelqu'un que l'on aime ? Mais c'est bien ça le problème, Nate... je crois que je t'aime. Je sais que ça a l'air fou et que j'aurais dû te le dire à bien d'autres reprises, mais je ne l'ai compris qu'hier soir, ou ce soir, enfin bref... et si je ne te le disais pas maintenant, alors quand te le dirais-je ? Le fait est que – ça a toujours été toi. Ne t'es-tu jamais demandé pourquoi je suis revenue à la rentrée dernière ? Hier soir, quand...

Olivia s'arrêta de lire en plein milieu de sa phrase et feuilleta impatiemment le paquet, trois pages de papier à lettres lourd, entièrement recouvert de l'écriture tout en grosses boucles de Serena. Son cœur battait à tout rompre. Ce qu'elle allait faire ensuite coulait de source. Elle jeta un coup d'œil à droite et à gauche pour s'assurer qu'elle était bien seule, descendit de voiture et repartit en direction du panorama touristique.

Soigneusement, elle déchira la première page de la lettre en deux, puis en quatre et continua ainsi jusqu'à ce qu'il ne reste plus qu'une poignée de confettis qu'elle prit dans sa main en coupe. La brise chaude souleva les morceaux de papier et les envoya inonder la vallée en contrebas. Elle fit la même chose avec les deux autres pages et l'enveloppe, qu'elle déchira en minuscules morceaux, de sorte que l'écriture de Serena n'était plus qu'un fouillis de formes vides de sens que le vent soulevait et soufflait dans la vallée en contrebas.

Elle retourna à la voiture et passa la main dans son sac pour prendre son portable. Elle l'examina un moment. Devait-elle appeler Serena ? Lui dire qu'elle était au courant pour la lettre ? Qu'elle savait ce que sa prétendue putain de meilleure amie ressentait pour son petit copain ? Ou devait-elle jouer les innocentes, ignorer cette salope hypocrite et se concentrer sur l'été parfait qui l'attendait ? Elle ne s'en voulait brusquement plus d'avoir largué Serena le jour de son anniversaire.

Sans blague ?

— Prête ? fit Nate en se glissant sur le siège conducteur, un sourire de gamin s'étalant sur son visage parfait.

— Prête.
Olivia tira sa ceinture.
Attachez vos ceintures – c'est parti pour une folle virée !

mieux vaut tard que jamais ?

Serena, de nouveau allongée sur son lit tout blanc, contemplait le plafond en essayant de dormir, maintenant qu'elle avait enfin avoué ses véritables sentiments. Il y avait des petites marques au plafond, aux endroits où elle avait détaché des dizaines d'étoiles phosphorescentes juste avant de partir en Europe, et elle comptait celles qui restaient depuis trois heures, depuis qu'elle avait glissé le petit mot dans l'Aston Martin. Elle n'arrêtait pas de perdre le fil et de recommencer à compter. Et peut-être s'était-elle assoupie, ou peut-être pas. Henry remuait à ses côtés et mettait son bras sur sa poitrine. Il était lourd et étouffant. Elle s'était déjà trouvée dans la même situation, il y a un an jour pour jour : amoureuse de Nate, mais allongée à côté d'Henry. Elle l'avait reconnu et avait vidé son cœur, alors pourquoi n'arrivait-elle pas à dormir ?

Des regrets ?

Elle se leva pour la deuxième fois de la matinée et se glissa dans le couloir. En bas, quelques personnes jetaient des bouteilles à la poubelle et parlaient de leur gueule de bois à voix basse. À la pendule de grand-père, elle entendit que ce n'était plus le matin : il était exactement midi. Elle tira sur son long T-shirt blanc.

Il arborait BROWN en majuscules sur la poitrine et arrivait sous ses genoux.

Elle ne savait même pas où elle allait, mais elle ne tarda pas à se retrouver devant la porte fermée de la chambre de ses parents. Elle savait que Nate et Olivia s'y trouvaient. Ils avaient probablement construit un château fort avec plein d'oreillers immenses, qu'Olivia avait dû baptiser la grotte du Baiser, ou un truc aussi niais... Ou super adorable, à condition que vous soyez amoureux. Et Nate l'était. D'Olivia.

Pourquoi donc Serena lui déclarait-elle sa flamme aujourd'hui ? L'an dernier, il s'était présenté tant d'autres occasions, meilleures, où elle aurait pu le faire. Comme quand ils étaient presque nus dans la cabine d'essayage de Bergdorf's. Ou quand ils s'embrassaient dans le Jacuzzi dans la maison des Hamptons d'Isabel Coates. Ou quand elle avait décidé de ne pas retourner au pensionnat et de revenir en ville. Mais elle ne l'avait pas fait. Elle ne le lui avait jamais dit, principalement parce qu'elle avait peur. Qu'il ne l'aime pas en retour. En effet. Il aimait Olivia.

Elle s'éloigna de la lourde porte en bois de la suite de ses parents et se dirigea vers l'escalier, dans lequel Nate avait avoué à Olivia qu'il l'aimait, hier soir. Alors pourquoi lui avait-elle donc déclaré *son* amour ce jour-là, au pire des moments ?

— Hé, l'anniversairée ! (Un type qu'elle n'avait jamais vu levait les yeux sur elle, en bas de l'escalier. Ses cheveux châtains emmêlés étaient attachés sur le sommet de sa tête en chignon bordélique.) Selima, c'est ça ?

— Serena, le corrigea-t-elle.

— Oui, bon, tu crois que tu peux me déposer à la gare ?

Il passa la main sous son polo taché de sueur et mangé par les mites pour se gratter l'abdomen et révéla un bout de ventre poilu.

Beurk.

Serena descendit une marche, faisant glisser sa main sur la rampe en bois foncé.

— Je suis sûre que les gens ne vont pas tarder à se lever. Quelqu'un te déposera.

— Cool.

Il étira ses bras bien haut, bâilla bruyamment, et repartit dans le séjour où les fêtards étaient encore vautrés sur le moindre mètre carré disponible. Elle entendit quelqu'un marmonner « Hé meeeec ! » quand il s'effondra sur le canapé en cuir boutonné.

Serena traversa rapidement l'entrée de marbre jusqu'à la porte où elle hésita un moment, la main sur la poignée, avant de l'ouvrir d'un coup et de sortir. Le devant de la maison était frais et ombragé, et elle referma les bras autour de son corps d'un geste protecteur, tout en scrutant minutieusement l'allée.

Elle ne savait pas si elle avait des regrets ou non, si elle voulait retourner furtivement à la voiture pour reprendre l'enveloppe qu'elle avait laissée à l'intérieur. Mais la décision avait été prise pour elle. L'Aston Martin était introuvable. Nate – et vraisemblablement Olivia – était parti.

Et ils avaient emporté quelque chose à lire de très croustillant.

prendre le large, au coucher du soleil

Olivia s'agenouilla dans le siège-baquet de la voiture quand Nate ralentit et s'arrêta devant le Newport Yacht Club blanchi à la chaux. Le pont étincelait sous le soleil de midi. Elle respira l'odeur chaude et salée de bord de mer. Elle n'arrêtait pas de secouer la tête, faisait virevolter ses cheveux décoiffés par le vent autour de ses épaules, dans ce qu'elle espérait être un look sexy. En vérité, elle essayait simplement de chasser la lettre de Serena de sa tête. Sérieusement, elle s'en foutait !

— Je n'arrive pas à croire que l'on est là !

La voix de Nate la fit sursauter et revenir sur terre. Il avait beau avoir parcouru des centaines de kilomètres pour arriver là, il n'avait pas l'air plus pressé que cela de descendre de voiture. Il avait détaché sa ceinture et restait assis à contempler la forêt de mâts dans le port par le minuscule pare-brise de la voiture.

— Qu'est-ce qui ne va pas ? s'enquit Olivia en ouvrant la portière et en effectuant des petits bonds pour faire circuler le sang dans ses jambes.

— Quoi ? Oh, rien, fit Nate, l'air très surpris.

Olivia mit les poings sur ses hanches. Sa blouse en voile de coton voletait au vent.

— Tu es sûr que tout va bien ? Tu as l'air un peu... distrait.

— Non, non, tout va bien. (Nate se leva et claqua la portière derrière lui.) On va devoir faire quelque chose de la voiture, j'imagine.

Olivia ajusta son sac et se percha sur le capot encore chaud de l'Aston vert forêt. Nate avait l'air plus que distrait. On aurait dit qu'il était à deux doigts de vomir. Et s'il était au courant pour la lettre ? Et si Serena l'avait appelé pendant qu'il était aux toilettes ? Était-ce pour cela qu'il avait été aussi long ? Olivia s'agita, impatiente. Pourquoi ces tergiversations ?

— Nate, y a-t-il quelque chose que tu veuilles me dire ?

— Quoi ? Non, répondit-il en rangeant les clés dans ses poches. On va vraiment le faire, hein ?

— On va vraiment le faire ! (Laissant son sac sur le capot de la voiture, Olivia fit le tour à toute allure et se jeta dans les bras de Nate. Une mouette blanche descendit en piqué sur le parking.) Tu as l'air inquiet.

— Non. Je... réfléchis, c'est tout.

Ne te fais pas de mal !

Respirant la délicieuse odeur du jeune homme – son déodorant, un soupçon de savon à la lavande de la salle de bains des parents de Serena, l'odeur de l'océan qui avait déjà réussi à imprégner sa chemise – Olivia ferma les yeux.

— Ne t'inquiète pas, Natie, c'est l'été. Et nous sommes ensemble. C'est tout ce qui compte, n'est-ce pas ?

Nate s'éloigna juste assez pour regarder son visage. Elle lui sourit et espéra un moment qu'ils échoueraient quelque part et ne reverraient plus jamais Serena. Ils vivraient dans une hutte en bambou, chercheraient de la nourriture et seraient tout le temps nus. À quoi bon porter des vêtements ?

Elle a dû perdre la tête.

— Tu as raison. Bordel de merde ! Aux chiottes, tout le monde et aux chiottes, tout le reste !

Puis il se pencha et colla sa bouche délicieuse sur la sienne.

— Barrons-nous d'ici.

Et n'oubliez pas de nous envoyer une carte postale.

| thèmes | ◄précédent | suivant► | envoyer une question | répondre |

Avertissement : tous les noms de lieux, personnes et événements ont été modifiés ou abrégés afin de protéger les innocents. En l'occurrence, moi.

Salut à tous !

Vous savez ce qui craint vraiment ? Les happy ends. Sérieux. Comme quand je suis au cinéma et que je vois une fille déterminée et courageuse qui finit par se faire l'acteur avec qui elle partage la vedette – et avec qui, je le savais depuis deux heures, elle finirait de toute façon – j'ai simplement envie de lui arracher les yeux. La vraie vie est en fait terriblement bordélique et compliquée et rien ne se *termine* vraiment... c'est vrai, quoi, si vous permettez que je philosophe une minute, toute fin n'est qu'un nouveau commencement, pas vrai ? Bon d'accord, je la ferme.

Donc pendant que **O** et **N** doivent sûrement voguer sous le soleil qui se couche, quelque chose me dit que cette histoire est loin d'être terminée. Surtout quand il reste tant de questions en suspens. Du genre :

O parlera-t-elle à **N** de la lettre de **S** ?

S trouvera-t-elle **N** et lui en parlera-t-elle d'elle-même ?

O la jettera-t-elle par-dessus bord si elle le fait ?

D va-t-il vraiment tripoter un autre mec ? Et iront-ils encore plus loin ?

V va-t-elle l'encourager s'il le fait ?

Et soyons réalistes, pendant combien de temps ces

deux-là pourront-ils rester colocataires sans coucher ensemble ? Il est peut-être bi, après tout.
Et, bien sûr, il reste la question la plus importante de toutes : qui suis-*je* ? Je sais que vous autres êtes carrément en train de vous battre pour être celui qui obtiendra le plus d'infos compromettantes à mon sujet, voici donc un potin intéressant sur votre serviteuse – ne dites pas que je ne vous donne jamais rien : je ne sais pas garder un secret – c'est vrai, excepté celui qui concerne mon identité, naturellement. Mais des secrets tels que celui que **S** a gardé toutes ces années ? Je lui tire mon chapeau ! Je peux comprendre que l'on dupe ses amis et même sa famille, mais si l'on arrive à me faire des cachotteries *à moi*, alors bravo ! Que cache-t-elle d'autre ? J'ai le sentiment qu'il reste encore beaucoup à découvrir…
Je sais que vous mourez d'envie d'avoir les réponses. Eh bien, moi aussi. Et vous savez que j'obtiens toujours ce que je veux.

Vous m'adorez, ne dites pas le contraire,

Fleuve Noir

- Téléchargez des premiers chapitres
- Soyez au courant des dernières parutions
- Retrouvez toute l'actualité des auteurs
- Détendez-vous avec les jeux-concours

Restez à la page sur www.fleuvenoir.fr

Achevé d'imprimer sur les presses de

BUSSIÈRE

GROUPE CPI

*à Saint-Amand-Montrond (Cher)
en août 2008*

FLEUVE NOIR
12, avenue d'Italie
75627 Paris Cedex 13

— N° d'imp. : 81232. —
Dépôt légal : septembre 2008.

Imprimé en France